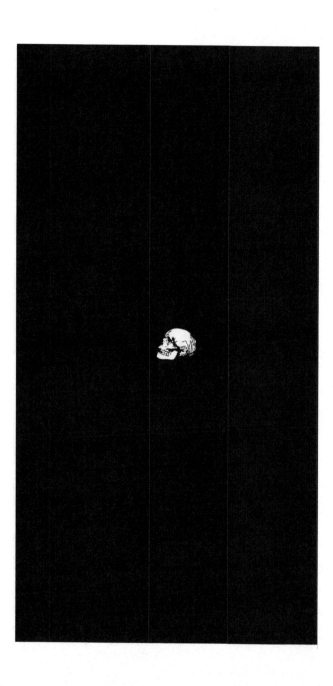

LE MENDIANT D'OS

Jenck Franer

4 - LE DERNIER NÉCROMANCIEN

LE MENDIANT D'OS

Copyright : © 2023 Jenck Franer
Jenck.franer@gmail.com
Tous droits réservés
ISBN : 9798860438699
Dépot Légal :Mars 2020

LE MENDIANT D'OS
-4-
Le Dernier Nécromancien

Jenck Franer

Index des personnages

Les Tadwick (domaine de Gaverburry) :
Henry Tadwick, vicomte de Gaverburry, père de William.
Anne Tadwick, son épouse.
William Tadwick, nouveau vicomte de Gaverburry, major du 86e de chasse des Highlands.
Abraham, meilleur ami de William.

Les personnages de Gaverburry :
Katelyn, la cuisinière.
Delphine, la femme de chambre de William.
Margaret, l'ancienne femme de chambre.

Les personnages de Charity Cross :
Augustus Stricting, pasteur, ami de la famille Tadwick.
Foster, bras droit de Stricting, régisseur de Charity Cross.
Duncan Westerly, l'homme aux loups.

Les Gordon-Holles (château de Blenhum) :
Thomas Gordon-Holles, lord, duc de Malborough et propriétaire du château de Blenhum.
Eleanor Gordon-Holles, épouse de Thomas, née Mac Bain, fille du duc de Chalkurn Rob Mac Bain.
Edith, Sarah, Mary, leurs filles.

Les Fanelli :
Cesare Fanelli, apothicaire italien, ami de Henry Tadwick et de Thomas Gordon-Holles.
Giacomo Fanelli, son fils.
Donna Ferramo, épouse de Cesare et mère de Giacomo, décédée.

Des éléments du 86è régiment de chasse des Highlands :
Finch, Cat, La Touffe, La Mèche, compagnons de bataille
d'Abraham et de William.

Les personnages près de Blenhum :
Mycroft Zeller, majordome de Blenhum, proche d'Eleanor.
Carmen la gitane, personnage lié à Finch.

Le clan des Mac Bain :
Gregor Mac Bain, l'oncle d'Eleanor, marquis de l'île de Warth.
Marcus Mac Bain, dit le dernier Nécromancien, frère
d'Eleanor.
Eleanor Mac Bain, épouse de lord Gordon-Holles, duchesse
de Blenhum.

Les proches des Mac Bain :
Erik Hansen, ami d'enfance d'Eleanor.
Archibald de St-Maur, ami du clan.

Les chasseurs :
Abdülhamid
Kalam, Selim de son vrai nom, son disciple dit « le dernier
chasseur ».

Les hommes du Nouveau Monde :
Armando de la Roya, marquis déchu en quête de la cité lé-
gendaire de Cibola.
Le marquis de Hautecoeur, homme d'affaires français, à la
solde de Thomas Gordon-Holles.

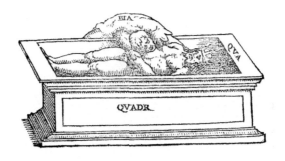

Pour la Naissance éternelle
Pour le retour de la Mort

Qui a eu cette idée folle

Château de Blenhum, bureau de Thomas Gordon-Holles

Occupé au milieu des cartes et des courriers, Thomas Gordon vociférait. Le retour des Fanelli, qu'il avait attendu avec une impatience frôlant celle des enfants avant Noël, n'avait pas eu l'effet escompté. Sitôt passée l'excitation de la découverte de la sphère Armillaire et les projets d'astronomie la concernant, les mauvaises nouvelles lui étaient tombées dessus. On aurait dit qu'elles n'attendaient que ça ! S'il était satisfait du travail de Giacomo, d'ailleurs il l'avait nommé astronome en chef du château, son association avec William ne prenait pas la tournure qu'il avait espérée. Au lieu de se focaliser sur l'expédition au Nouveau Monde, seule entreprise digne d'intérêt, le jeune vicomte se retrouvait au centre d'un énorme complot éclaboussant jusqu'au Clergé. Depuis plusieurs jours, Thomas n'avait cessé de chercher des soutiens et il avait fait plus que son possible pour que l'affaire ne s'ébruite pas. Si le scandale venait à grandir, l'expédition serait compromise.

« Mais où est donc ce satané Tadwick ? Il ne va tout de même pas traverser le pays avec une armée pour sauver un Indien ! Il a perdu la tête ! Qui doit expliquer ses manœuvres, qui doit rendre des comptes ? Je n'en peux plus ! Mon dieu, je sens que ma tête va exploser !

– Enfin, Thomas », intervint Cesare, « il faut bien tenter l'impossible pour attraper ce félon ! Vous l'avez dit vous-même. »

Thomas perdit son sang-froid :

« On ne tente pas l'impossible sans prévenir personne ! Si ça se trouve, il sera demain sur les terres de cet abruti de Marquis Willster, alors que celui-ci attend depuis des mois de pouvoir me moucher au conseil des lords ! Et cet imbécile de lord Faulkner qui s'est ému de l'intrusion au roi ! Maintenant la Couronne me demande des comptes ! Il faut que je me calme… Comment expliquer que trois cents hommes armés parcourent l'Angleterre sans but ? » Il se tint la poitrine : « Je sens que je ne vais pas très bien. » Il reprit en s'asseyant : « Il fallait arrêter un homme, pas dévaster un pays !

– C'est votre cœur, il faut vous préserver, Thomas.

– Me préserver ! Vous en avez de bonnes !

– Le mieux est de tenir jusqu'à ce que William réussisse. Lorsque le félon sera attrapé, nous aurons les preuves qui nous manquent.

– Il vaut mieux, pour lui et pour moi que vous disiez vrai et qu'il ramène quelque chose ! »

Il s'assied en se tenant la poitrine. Cesare tenta de le calmer :

« Oui, oui… Tenez, buvez votre élixir.

– Bonne idée, où est mon brandy ?

– Ce n'est pas conseillé, Thomas. Je l'ai fait enlever. »

Thomas jeta un regard des plus froids à Cesare qui se tut et ouvrit son tiroir. « Je bois du brandy, quand je veux boire du brandy ! » Il sortit sa bouteille et entre deux rasades d'alcool, but une gorgée de l'élixir acre et épais. Il fallait que la situation revienne sous contrôle avant que son cœur n'éclate.

Lorsque la porte résonna sous l'action de Mycroft, Thomas répondit d'un « Entrez ! » proche du hurlement. Comme il s'aperçut que cela le soulageait des plus efficacement, il se demanda s'il n'allait pas faire un tour dans le parc juste pour hurler tranquillement puisqu'il ne semblait n'avoir personne dans ce château qui se soucie de sa santé. La voix pédante et hautaine de Mycroft lui répondit :

« Je prie votre grâce de bien vouloir m'excuser, mais madame Valbert a lourdement insisté pour rencontrer votre grâce, elle…

– Madame Valbert ! Mais qu'est-ce qui fait croire à cette guenon de perceptrice qu'elle peut venir me perturber dans les affaires du royaume ! » Décidément, cela faisait un bien fou ! Il continua sa thérapie : « Dites-lui de s'adresser à la duchesse ! J'ai autre chose à faire que d'écouter les jérémiades incessantes de cette veuve en manque d'acrobaties conjugales ! » Dieu que ça faisait du bien ! Thomas se sentait maintenant parfaitement d'attaque. Il avait trouvé la recette miracle.

« Hum… Votre grâce, la situation est extrêmement gênante. Madame Valbert vous attend derrière la porte. Dois-je la faire entrer ? »

Les ennuis ne s'arrêteraient donc jamais ! Résigné, il consentit à faire entrer Madame Valbert, la perceptrice française de ses filles. Son esprit analytique lui disait qu'il valait mieux prendre la foudre maintenant, aux côtés de Cesare, le seul capable de le sauver de la syncope.

« Bien, si elle le souhaite, qu'elle entre !

– Merci, votre grâce. »

Parée d'une dignité absolue, madame Valbert entra dans le bureau. Son allure noble et distinguée, remarquable, tenait au fait qu'elle était Française. Âgée d'une trentaine d'années, ses yeux châtains respiraient l'intelligence et sa ligne indiquait qu'elle prenait soin d'elle. Ses compétences linguistiques lui avaient permis d'enseigner à de nombreux princes. Georges II, le souverain de Thomas, faisait également quelquefois appel à ses services pour des cours très particuliers. Grâce à ses relations et son argent, Thomas avait réussi à l'obtenir pour l'éducation de ses filles et la consolidation de son réseau.

« Madame Valbert ! Entrez, entrez. Tenez, asseyez-vous, je vous prie.

– Je remercie votre grâce de permettre à une guenon de lui adresser la parole. Je vais rester debout, car mon petit doigt m'a prévenu que sa grâce a des préoccupations bien plus urgentes que de recevoir la personne qu'elle a choisie pour l'éducation de ses enfants.

– J'avoue m'être emporté à tort et je vous prie d'accepter toutes mes excuses. Une personne de votre beauté et distinction ne saurait être comparée à… Mais oublions tout ça ! Installez-vous, je vous écoute. »

Madame Valbert, debout, le regarda d'un air pincé.

« C'est que nous ne sommes pas seuls… »

Thomas jeta un regard à Cesare, qui disparut sans attendre.

« Alors qu'aviez-vous à me dire de si important et de si secret ?

– Avant toute chose, sachez que je suis extrêmement gênée de ce que je vais vous dire. Il s'agit de Mary. Son comportement est… Comment dire…

– Rebelle ?

– Oui, mais là n'est pas la question. Je dirais… Enfin je ne sais pas. Le mieux, c'est que vous alliez lui parler. Je suis venue, car vous pourrez comprendre par vous-même, elle est en train de le faire à nouveau.

– En train de faire quoi ? Vous m'inquiétez !

– Je préfère vous attendre ici.

– M'attendre ?

– Oui, pour discuter de mes indemnités.

– Vos indemnités ? Mais vous ne manquez pas de

toupet ! »

Madame Valbert le regarda avec un air de pintade vexée et leva son nez en le fronçant d'un air dégoûté. « Mon éducation me pousse à vous octroyer une dernière chance ! Sachez que votre manque de… considération… envers ma personne m'affecte et que si vous persistiez sur cette voie, je le ferai savoir à d'autres que vous-même. »

Thomas obtempéra. Il valait mieux être prudent avec ces femmes hystériques. Il sentait que son cœur s'affolait à nouveau. Il regarda la bouteille de brandy, mais quand il entendit le petit soupir sarcastique de madame Valbert, il se ravisa. Il but une gorgée de l'élixir et s'enfuit dans les couloirs. Qu'est-ce que Mary pouvait bien faire de si extravagant ?

Arrivé devant sa porte, il se permit d'entrer doucement. Sa petite Mary était là au milieu de divers objets, censés représenter des personnes, et jouait tranquillement avec des poupées. Quand il vit sa petite tête blonde et ses yeux clairs si espiègles, il fondit comme neige au soleil. Qu'elle était charmante et comme elle avait grandi ! Un petit soupçon de nostalgie vint lui souffler dans le cœur. Il pensa à Édith. Combien de temps restait-il avant qu'elles ne quittent leur foyer et leur vieux père ? Discrètement, il vint s'asseoir sur le sol à ses côtés. Installée au milieu de ses poupées, elle semblait ordonnancer un procès.

« Bonjour, Mary, je suis surpris de te voir encore jouer à la poupée…

– Bonjour père, rassurez-vous, je ne joue pas à la poupée. C'est ce que j'ai expliqué à cette ânesse de Valbert ! Il vous faudra mieux choisir vos préceptrices, celle-ci est bouchée comme un canon cloué !

– Mary ! Surveille ton langage ! Je n'apprécie pas ces

écarts !

– Veuillez me pardonner, père. Des fois je me prends trop au jeu.

– D'ailleurs à quoi joues-tu ? » Mary expliqua, tout à fait fière d'elle.

« Je joue à la reine des nations indiennes ! Là-bas ce sont les villages, ils emplissent le continent américain, et là c'est mon armée d'Abraham ! Ils sont grands et forts, rien ne leur résiste ! »

Thomas comprit immédiatement que ce jeu déplut à Madame Valbert. Une petite fille qui s'imagine être reine des Amériques et grande générale des armées d'Indiens, n'était pas prévu au programme de bienséance. Pourtant, il était fier de sa fille. Abondance d'ambition ne nuit jamais ! Il récupéra le pichet d'eau de la chambre et s'en servit un verre.

« Et là qui est-ce ?

– Celui-là ? C'est ce pleutre de roi français, Louis XV ! Mais il est déjà mort. Abraham lui a coupé la tête. Du coup j'ai récupéré la nouvelle France !

– Très bien, très très bien... »

Décidément quel tempérament ! Il se demanda si finalement il n'aurait pas dû lui donner le commandement de la compagnie des Highlands. Mary connaissait le véritable ennemi, pas comme ce diable de Tadwick. Rien qu'à l'évocation de ce nom, il sentit son cœur se serrer.

Rapidement, il comprit que sa fille ne faisait rien de mal et que seul l'esprit rétrograde de Madame Valbert pouvait y déceler les racines du mal. Thomas embrassa le front de sa fille. Finalement plutôt que le parc, c'est ici qu'il viendrait se ressourcer. Il prit une gorgée d'eau et l'avala. Il se sentait détendu.

« Et cela ? Qu'est-ce donc ?

– Lui, c'est Ferdinand VI.

– J'imagine qu'il mérite le même traitement ?

– Tout à fait !

– Alors, que la reine des Indiens prononce la sentence et que vos Abraham coupent la tête des Espagnols ! » Mari baissa le bras et Thomas mima l'exécution. La poupée retomba sur le sol. « Il est mort votre grâce immaculée !

– Parfait !

– Il ne reste qu'une tête à trancher !

– Une tête ? » Thomas cherchait ce qui pouvait bien ressembler à un Portugais. « Est-ce lui ?

– Non, c'est lui !

– Eh bien ! Et de quoi est accusé le pauvre homme ?

– De faire obstacle à la reine Mary et à ses guerriers !

– Décidément ! Encore un méchant ! Et comment se nomme-t-il celui-là, est-il Portugais ?

– Non, lui c'est Georges II ! Je vais le chasser de chez moi ! Par le pouvoir de mes guerriers immortels ! »

Thomas cracha son eau et manqua de s'étouffer ! Elle s'y mettait elle aussi ! Bon sang, il sentait qu'il faisait une syncope. Il ne manquait plus qu'il soit accusé de trahison envers la Couronne. Il prit une gorgée de l'élixir de Cesare. Après une leçon de morale à sa fille dont la conclusion fut : « Tu n'as qu'à l'appeler le Hollandais, si tu veux, mais pas Georges II ! » Il regagna son bureau après un passage par la bouteille de whisky de la bibliothèque.

Quand Madame Valbert quitta le Château de Blenhum, un coffret rempli de bijoux l'accompagnait pour garantir son silence. Tandis que Thomas la regardait partir de la fenêtre de son bureau, il mit ses bottes. Sa promenade dans le parc fut la plus bruyante que le château ait connu.

65

Des traîtres ?

Château de Blenhum.

Le lendemain, car les problèmes suivaient une logique qu'il appelait 'loi des séries', Thomas demanda à Cesare de passer voir Sarah. Celle-ci avait de la fièvre et une plaie à la cuisse qui revêtait un aspect étrange. Cesare accepta immédiatement. Quand il l'apprit, Giacomo supplia :

« Laisse-moi venir avec toi ! S'il te plaît !

– Tu sais très bien que cela n'est pas convenable. De plus, Eleanor ne connaît pas tes pouvoirs et je ne compte pas les crier sur les toits. » Giacomo se mit à chuchoter très fort.

« Pourquoi ? Je pourrais l'aider ! Tu as honte ?

– Honte ? Mais non ! Je suis terriblement fier, mais tu dois comprendre que le monde dans lequel nous vivons n'est pas toujours juste. Ce qui ne peut être compris est toujours combattu. Je t'invite à la prudence. Te rends-tu compte de ce que nous risquons ? » Il regarda son fils et leva les bras au ciel. « Évidement que non… Tu es encore un enfant ! Il va falloir me faire confiance, mon fils. Tu es certainement plus fort et intelligent que ton pauvre père, mais tu manques d'expérience. Laisse-moi m'occuper de cela. »

Bien que cela ne plût pas à Giacomo, il écouta son père et le laissa partir seul voir Eleanor et Sarah. Il crut que son cœur allait se briser. Pour ne pas s'apitoyer sur son sort et celui de Sarah, il retourna voir le forgeron et la sphère Armillaire.

Cesare frappa à la porte d'Eleanor. Quand elle vit l'apothicaire, elle eut un sourire de soulagement :

« Entrez Cesare, entrez donc !

– Bonsoir, madame. Que se passe-t-il ?

– C'est sa jambe. Elle a des saignements sur sa tache de naissance depuis une semaine ou deux… Récemment, la fièvre est apparue. Ce n'est pas bon la fièvre, c'est un symptôme terrible. » Cesare se voulut rassurant.

« C'est une réaction du corps comme une autre. Sauriez-vous expliquer ce phénomène ?

– Absolument pas. C'est ce qui m'inquiète, du reste. » Cesare hocha la tête.

« Bien, n'ayez crainte, je vais voir ce que je peux faire.

– Je vous remercie. Elle est dans sa chambre, je vous accompagne.

– C'est inutile. Je préfère m'y rendre seul.

– Mais c'est que… » Il répondit fermement :

« Madame, si le but est de la soigner, le secret médical est de rigueur. Mais ne vous inquiétez pas. Je promets de vous dire tout ce qu'il y aura lieu de savoir. »

Eleanor ne fut pas satisfaite de la réponse de Cesare, mais devant l'air sévère de l'apothicaire, s'en contenta. Elle se jura de trouver un médecin plus conciliant avec ses désirs si ce maudit Fanelli et ses principes n'aboutissaient à rien.

Sarah, alitée, ne fut pas surprise de voir arriver le père de Giacomo. Il lui toucha le front et sentit la fièvre. Elle transpirait. Elle expliqua qu'elle ressentait des raideurs qui la fatiguaient énormément. Quand Fanelli, lui demanda si elle savait d'où venait son problème, elle répondit d'une manière si étrange, qu'il la regarda un moment sans comprendre ce qu'elle lui cachait et pourquoi. Il déposa le pansement présent et observa la plaie. Une odeur nauséabonde lui emplit les narines.

Un réflexe lui fit tourner la tête et Sarah s'en inquiéta. La tache de naissance de Sarah se désagrégeait, laissant place à une infection purulente.

Cesare se leva et agita tout un tas de mixtures et de potions. Ensuite, il gratta doucement les chairs mortes et plaça un onguent autour de la cuisse. Demain, il positionnerait les asticots. Il lui administra un somnifère et elle s'endormit rapidement. Quand il referma la porte, il portait le masque des personnes soucieuses. Eleanor l'attendait de pied ferme :

« Alors ?

– Elle dort, la fièvre a baissé. Il faut changer le pansement le plus souvent possible. Entre les onguents, nous ferons manger les chairs mortes par des asticots. »

Eleanor ne put masquer une grimace de dégoût.

« Si vous le dites… Mais de quoi souffre-t-elle ?

– Je ne sais pas quoi vous dire. Ma science est impuissante à expliquer ceci. C'est comme si son corps rejetait ou rognait sa tache de naissance et qu'une autre partie luttait pour la garder. C'est très étrange. D'ordinaire, soit les restes sont totalement ingurgités, soit ils sont présents sur le corps toute la vie du patient. »

Eleanor, devenue pâle comme la mort, demanda :

« Mais de quels restes parlez-vous, enfin ?

– De sa tache de naissance.

– Pourquoi appelez-vous cela un reste ? »

Cesare expliqua patiemment :

« Il y a plusieurs types de taches de naissance. Celle de Sarah est particulière. Je pense qu'il s'agit d'une trace liée à la présence d'un frère ou d'une sœur avant sa naissance. J'ai déjà observé des cas plus critiques, par exemple avez-vous déjà entendu parler de frères siamois ? Eh bien dans notre cas, la tache de naissance de Sarah est ce qu'il reste, ou plutôt une trace de sa sœur ou de son frère. Je pencherais pour une jumelle... une chance sur deux.

– Mais c'est impossible !

– Impossible, non. Je dirais rare, très rare. »

Eleanor crut qu'elle allait se sentir mal. Elle s'appuya sur un meuble durant un instant.

« Alors Sarah avait une jumelle ? Mais enfin, je n'ai eu qu'un seul enfant...

– Vous avez eu deux enfants. Mais pour une raison indéterminée, l'un a supplanté l'autre. Aujourd'hui, son corps a décidé de finir de s'en séparer. Ce qui est curieux, c'est que cela arrive maintenant. »

Eleanor n'écoutait plus. Son sang avait quitté son corps depuis longtemps et son esprit voyageait aux limites de l'inconscience. Sarah avait eu une jumelle. Le fardeau continuait. Il fallait cacher cette information, le temps de savoir quoi faire. Elle reprit connaissance quand Cesare termina son discours.

« ... Voilà pourquoi je vous suggère qu'elle s'aère. Pourquoi Giacomo ne passerait-il pas la voir ? Ils pourraient échanger sur divers sujets. Cela lui fera du bien ! »

Elle reprit son masque de duchesse et lui tendit une main d'un geste gracieux.

« Merci, Cesare.

– De rien, de rien. Je repasserai la voir.

– Une dernière chose, Cesare. » Elle se rapprocha de lui à le toucher et lui susurra à l'oreille : « Pas un mot de tout cela à quiconque. Est-ce clair ? » Cesare déglutit par réflexe, comprenant la menace voilée. « J'ai bien dit à quiconque, pas même à Thomas ! »

Il fit une révérence, et son ombre disparut silencieusement dans le couloir.

66

Cat

Covenwood, point de regroupement des révoltés de Charity Cross.

Augustus Stricting s'apprêta à prendre la parole, devant la foule de ses adorateurs. Le bilan de l'opération n'était pas si mal : Marcus était encore en vie, les corps des Nécromanciens avait été récupérés et la force de frappe du vicomte réduite à peau de chagrin. Seule la sphère Armillaire manquait à l'appel, mais la présence de la Pierre Pourpre dans sa poche permettait de ranger ce manque dans le tiroir des déconvenues. La plus grosse ombre au tableau était sans aucun doute la présence des troupes du vicomte sur la côte, empêchant tout embarquement. Pire encore, ses renseignements étaient formels, des soldats marchaient sur Covenwood... Son plan était éventé. L'idée d'affronter des troupes régulières avec ses gueux ne l'effleura même pas. Après un long et émouvant discours sur cette magnifique réussite collective, Augustus félicita chacun des hommes et des femmes et proposa à ceux qui le souhaitaient, de le rejoindre à Portsmouth au printemps. La troupe se dispersa dans la nature et les serviteurs du mal replongèrent dans l'anonymat, laissant dans leur sillage autant de pistes que de groupes.

Augustus ne conserva avec lui que les meilleurs éléments et ses fidèles lieutenants. Pour la suite des événements, il avait besoin de discrétion. Les gueux ne lui servaient plus à rien. Ainsi Duncan, Foster, Ralph, John ainsi que Kalam chevauchaient à côté du convoi de chariots. Sur son cheval, Kalam baissait la tête. Son comportement peu guerrier lors de l'embuscade lui avait valu les foudres des mercenaires mais surtout celles de John. Tentant de devenir transparent, il escortait le convoi de chariots, persuadé que l'un d'entre eux abritait Marcus Mac Bain, le dernier Nécromancien. À la tête de l'équipée, se tenait le chariot du pasteur, suivi de celui de Duncan et ses loups en cage. Les corps des Nécromanciens fermaient la marche. Installé juste à côté de la cage des loups, Abraham veillait à ne rien ne laisser dépasser de la sienne. Les crocs acérés des bestiaux guettaient avec impatience que quelque chose à croquer ne vienne à leur portée. Épuisé, affamé, frigorifié, son seul espoir résidait en William. Alors, discrètement, Abraham imbibait du sang de ses plaies, des lambeaux de tissus, qu'il laissait tomber comme un fil d'Ariane.

John se rapprocha du chariot du pasteur et lui fit part de ses inquiétudes :

« Dites-moi, où allons-nous ?

– Après les fuites que nous avons eues, je préférerais garder cette information pour moi.

– Vous vous méfiez ? Je pencherais plutôt pour l'un de vos gueux !

– De toute façon cela ne change rien. Vous n'avez qu'à m'emboîter le pas et faire en sorte que personne ne nous suive. Au fait, vous portez-vous garants de tous vos hommes ?

– Comme de moi-même ! » Stricting le regarda en coin :

« Alors de quoi parliez-vous avec l'Ottoman ? Votre discussion semblait animée.

– Il s'agissait juste d'une mise au point sur le rôle de chacun.

– Étant à la tête de notre joyeuse équipe, tout me

concerne. Alors pourquoi cette mise au point ? »

John fronça les sourcils

« Il s'agit d'implication et de remords… Comme nous tous dans les premiers temps, il est encore soucieux des vies qu'il prend. Cela lui passera.

– C'est un novice ?

– Pas vraiment, il est rusé et habile en combat. Mais c'est un gars de la haute, même désargenté il conserve ses manières… et la discipline n'est pas son fort ! »

Stricting regarda John dans les yeux :

« Je suis de votre avis. Cet homme est différent des autres, on ne peut deviner ses pensées ni anticiper ses mouvements, aussi je ne l'aime pas. À la prochaine incartade, au moindre doute, nous nous en débarrasserons. Et c'est vous qui vous en chargerez. Est-ce bien clair ? »

John ne broncha pas et se contenta d'une réponse courte indiquant qu'il avait très bien reçu le message. Il fit virevolter son cheval et rejoignit Kalam à l'arrière, qui tâchait toujours de se faire oublier. Il avait bien remarqué les morceaux de tissu laissés par le prisonnier, mais avait jugé plus opportun de ne rien faire. Il sentait que sa situation devenait précaire et s'il ne voulait pas trahir ses réelles intentions, il lui faudrait sans doute de l'aide plus tard. Il ne doutait pas que le prisonnier fût assez malin pour ne pas laisser tomber d'indices pendant la discussion. John arriva :

« Arrange-toi pour ne plus faire d'autres écarts. Je t'ai trouvé peu enclin au combat.

– Peut-être, mais j'ai sauvé la vie d'un homme qui s'apprêtait à enfreindre les ordres en s'exposant inutilement. Je suis sûr que tu te souviens de ça. Tu voulais tuer le vicomte. »

John s'agaça :

« Il le méritait !

– On le méritait tous. Au lieu de t'énerver, sache que quand on se permet de juger la conduite des hommes, il faut s'attendre à ce qu'ils vous rendent la pareille.

– Ne me déçois plus, tu m'as bien compris ? »

Kalam fit mine de prendre les menaces de John avec désinvolture. De toutes les façons, les empreintes ou la fatigue viendraient à bout de leur épopée. Car sa conviction était faite : le seul endroit possible pour cacher Marcus Mac Bain était le chariot du pasteur. Là, sous les quelques planches, se tenait le dernier des Nécromanciens. Encore un effort et Abdülhamid serait exaucé. Malheureusement, il était bien gardé. Ralph et John savaient tirer et Duncan ne le lâchait pas du regard. Le mieux était d'attendre que tout ce petit monde s'endorme d'épuisement ou que des renforts, à la recherche de leur ami en cage, viennent équilibrer le jeu. Foster vint mettre un terme à sa réflexion.

« Ils arrivent, ils arrivent ! »

Stricting fit un bond sur son chariot :

« Comment est-ce possible ? »

Foster arriva à la hauteur du pasteur, rejoint par John, Ralph et Kalam.

« Trahison seigneur ! Regardez ! » Foster montra un tissu imbibé de sang. « Ils nous suivent depuis le départ ! J'ai vu des cavaliers ! Ils nous foncent dessus !

– Combien ? » interrogea John.

« Cinq au moins. Ils filent à bride abattue. Ils seront là d'un instant à l'autre. »

John prit le chiffon des mains de Foster et l'observa. Il saisit son mousquet et braqua Kalam.

« Toi ! Et comme par hasard, tu n'as rien vu ! Depuis le départ, tu le laisses faire ! » Kalam leva les mains au ciel pour se rendre.

« Eh, pas si vite ! Je ne suis pas le seul à avoir été dernier !

– Non mon vieux, ce coup-ci tu ne t'en tireras pas avec des explications ! »

Ralph intervint :

« Attends, il a raison ! Au départ c'était moi, je t'assure que je n'ai rien remarqué ! » Kalam se permit d'intervenir.

« Merci de ta franchise Ralph. Je crois qu'on est tous un peu fatigués. »

L'ordre de John tomba :

« Séparons-nous ! Ils seront contraints de faire un choix ou de diviser leur force. Que le chariot funéraire nous quitte. » Il s'approcha des mercenaires qui le pilotaient. « Pas de risque inutile, la marchandise que vous transportez est déjà morte. Laissez-nous un peu d'avance et bifurquez à l'ouest. Cela nous permettra de gagner du temps ! Allez ! »

Malgré l'intervention de Stricting qui rechignait à séparer ses forces, John n'autorisa pas le pasteur à le contredire et ce dernier, conscient que le temps pressait, n'insista pas.

Quelques minutes plus tard, le convoi se sépara. Bientôt l'angoisse assaillit les hommes et chaque minute qui passait augmentait leur tension nerveuse. Un des deux groupes serait inévitablement bientôt rejoint, mais lequel ? L'attente ne fut pas longue. Sur la butte, apparut William, reconnaissable à sa veste rouge, accompagné de sa petite troupe composée de Finch, Cat, La Mèche et La Touffe. Stricting, à l'affût, les détecta immédiatement :

« Les fous ! Ils ne sont pas assez nombreux ! Duncan ! Lâche tes loups ! John ! Votre ordre de séparer les groupes n'était pas nécessaire, nous les écraserons de notre talon ! Prenez vos hommes et interceptez-les, les chariots continueront ! »

Avec un rire sardonique, le vieux dresseur ouvrit la trappe de Sword et de sa meute. Quatre énormes loups surgirent de leur cage comme des démons de l'enfer. John et les autres engagèrent le vicomte, qui, comprenant son infériorité numérique, entreprit de se dérober. Il sollicita davantage sa monture et fuit, entraînant à sa suite tous les poursuivants et les loups de Duncan. De leur chariot, Stricting, Duncan et les mercenaires virent les cavaliers disparaître, les laissant dans l'expectative quant à l'issue des combats. La bataille décisive se déroulerait loin de leur regard. Sans faiblir l'allure, l'Ervadas en profita pour tenter de disparaître. Il fonça comme un diable.

À la poursuite du vicomte, les mercenaires suivaient les loups. L'attaque du vicomte était audacieuse, mais son effectif ne lui permettait pas d'espérer l'emporter. Après de longues minutes, John fit subitement faire halte à son cheval et intima à Kalam de faire de même :

« C'est un leurre ! Regarde, les cavaliers n'attaquent pas, ils nous attirent loin du convoi ! Il faut faire demi-tour ! Nous nous sommes fait berner ! »

Devant, Finch, La Touffe et La Mèche, aidés de quelques mannequins, avaient réussi le plan imaginé par William un peu plus tôt. Habillé comme le vicomte, Finch traînait derrière lui le cheval laissé par Cat, affublé d'un mannequin improvisé. Le tout avait été de fuir au bon moment. La diversion avait fonctionné.

Derrière le chariot du pasteur Stricting, William surgit. Aidé de Cat qui partageait le même cheval, ils en avaient profité pour rattraper le groupe du pasteur. Le visage fermé, il comptait bien en finir avec cette traque. Stricting n'attendrait pas la nuit pour mourir.

C'est Duncan, du dernier chariot, qui donna l'alerte. Conscient que seul le prisonnier intéressait le vicomte, il saisit son tromblon et fit signe à Augustus de déguerpir. « C'est l'heure de régler nos comptes ! » pensa-t-il en saisissant son tromblon. Avec les hommes de son bord, il attendit que les cavaliers se rapprochent avant d'ouvrir le feu. Le combat commença.

À l'intérieur de sa cage, Abraham avait observé la scène, et si l'espoir renaissait, il se demandait s'il n'allait pas finir écrasé au sol tant sa cage faisait des bonds.

Armé jusqu'aux dents, les tirs précis de William firent la différence et rapidement la route empruntée par le chariot fut parsemée de corps. Il parvint à placer son cheval à hauteur de Duncan et Cat sauta à son bord d'un bond audacieux. Il atterrit tant bien que mal à l'arrière du chariot. Un rocher volontairement heurté par Duncan lui fit perdre l'équilibre et son mousquet. Il se rattrapa, in extremis, à une corde, les jambes dans le vide.

Duncan dut alors faire face à un dilemme, n'ayant qu'une balle pour deux cibles. Il jugea que celle qui représentait le plus grand danger était celle du vicomte. Il le mit en joue. Avec dextérité, William évita la ligne de mire de Duncan, forcé de regarder la route.

Toujours à l'arrière du chariot, Cat avait fort à faire. Quand les sauts des essieux ne manquaient pas de le faire voltiger à l'extérieur, c'était le tromblon de Duncan qui menaçait de le décapiter. Il passa une des barres de fer destinée à renforcer les barreaux de la cage et ne trouvant d'autres issues que celle du combat, il bondit sur Duncan pour en découdre. Le corps à corps s'engagea. Le dresseur ne se laissait pas faire et malgré son allure sèche, ses muscles étaient aussi durs que du bois. Cat se retrouva dessous et Duncan se servait de son tromblon comme d'un pressoir sur la gorge de Cat. Le jeune soldat avait beau résister du mieux qu'il le pouvait, il sentait que le vieux dresseur allait l'emporter.

Profitant de la confusion générale, William tenta le tout pour le tout. Il se rapprocha du siège du conducteur et mit en joue le maître des loups. Son visage fut saisi d'effroi quand il vit que le canon du tromblon s'alignait en un cercle parfait. Un dixième de seconde plus tard, la lumière jaillit en un éclair rouge, projetant sa multitude de plombs meurtriers. Il eut juste le temps de se jeter sur le côté pour se mettre à couvert. Sa monture moins chanceuse que lui eut la tête transpercée de part en part et, s'écroula brusquement. Les pattes avant de la bête cédèrent et William entama une longue série de roulades, qui le laissa à demi inconscient sur le sol. Abraham s'éloignait à vive allure.

Cat sauta à nouveau sur Duncan et les deux hommes tombèrent sur les cages de fer, laissant les chevaux galoper sans guide. Posté sur la cage de fer, Duncan fit briller sa dague et blessa Cat au bras. Seul, le pauvre soldat commençait à douter de l'issue positive de ce combat et avec sa malheureuse jambe coincée dans les barreaux, il ne parvenait pas à se dérober aux coups de couteau de Duncan, qui se rapprochaient dangereusement. Le chasseur jubilait, un sourire pervers traversant son visage disgracieux.

Alors que le combat semblait joué d'avance, le visage de Duncan se raidit de douleur et d'incompréhension. Ses deux mains se placèrent instinctivement, sur la barre de fer qui venait de lui transpercer le corps. De sa cage, Abraham avait réussi à l'atteindre d'un lancer parfait. Duncan tomba, incrédule et passa sous les roues du charriot, dans un craquement sinistre. Les oreilles d'Abraham se délectèrent de cette musique. Il se demanda qui, de ce physique affreux ou des loups géants, lui manqueraient le moins. Il pensa que sa mort était aussi glauque qu'avait été sa vie. Cat parvint finalement à se dégager et saisit les rennes du chariot, qu'il fit ralentir jusqu'à l'arrêt total.

Un instant, il eut l'impression d'avoir réussi, mais les deux hommes qui fonçaient sur lui ne ressemblaient pas à des amis. Il s'agissait de John et Kalam, qui avaient fait demi-tour. Il donna une autre barre de fer à Abraham et remit le chariot en mouvement.

« Il ne faut pas traîner dans le coin ! Essaie de faire sauter ce verrou ! » Le géant agrippa les barreaux et tenta de se libérer avec l'énergie du désespoir. Les chevaux écumaient de bave, mais ce n'était pas le temps de les laisser se reposer. La mouche du coche frappa leur cuir et les quadrupèdes s'élancèrent.

Au loin John dit à Kalam d'un ton sec :

« J'avais raison ! On va les rattraper ! Sors tes mousquets, et ne me déçois pas cette fois ! »

Quelques minutes plus tard, Cat ne savait plus comment faire. Malgré ses embardées, John restait à sa hauteur. D'un instant à l'autre, Kalam allait faire feu et la course poursuite s'arrêterait là. D'un ton désespéré, il demanda à Abraham :

« Alors bordel ! Qu'est-ce que tu fous ?

– Attends, je sens que ça vient ! »

Le géant forçait de tout son poids sur le cadenas. Mais l'acier était si dur qu'il ne cédait qu'avec peine. Cat renchérit :

« Mon vieux, garde-moi une place au paradis parce que là je crois que c'est fichu ! »

Tout à coup et sans raison apparente, la tête de John explosa comme une pastèque trop mûre. Un coup de mousquet l'avait envoyé dans l'autre monde. Abraham et Cat échangèrent un regard surpris, se demandant qui avait tiré. Kalam se mit à la hauteur de Cat et lui dit de se dépêcher.

Cat, incrédule, ne bronchait ni ne bougeait.

« T'es idiot ou quoi ? Je te dis de foutre le camp ! »

Toujours incrédule, Cat entama le demi-tour avec le chariot, mais l'enfer est pavé de bonnes intentions. Surgissant de nulle part, Ralph et Foster apparurent avec le reste des mercenaires. Kalam se mit à jurer dans sa langue et demanda à Cat :

« Tu as des armes à feu ?

– Des armes… Non, je n'ai rien !

– Ils nous foncent dessus ! Tu as un plan ? » demanda Cat de plus en plus inquiet. Kalam réfléchissait, car il était trop tard pour les sauver et il ne voulait pas perdre sa couverture. Il continuait de refuser l'idée qui s'imposait à lui. Malheureusement, il n'avait plus le choix. Il regarda Cat dans les yeux.

« Lève les mains en l'air !

– Quoi, mais tu es malade ! Autant m'enfuir !

– Tu as perdu trop de temps, ils te rattraperont sans difficultés. Fais ce que je te dis ! Ma monture est épuisée, ils sont nombreux et armés. Si tu te tais, je pourrais peut-être vous sauver. Si vous parlez, nous mourrons tous. Inch Allah ! »

Ralph, Foster et la petite troupe de mercenaires les encadraient déjà. Kalam tenait en joue Cat qui obtempéra à contre-cœur. Ralph vint accoler sa monture contre celle de Kalam. Il était furieux. Sur la route, les corps sans vie de John et Duncan lui avait fait perdre le peu de sens de l'humour qu'il possédait. D'un ton sec, il demanda à Kalam ce qu'il faisait à s'agiter ainsi avec un mousquet. Surpris, le guerrier Ottoman décrivit la scène :

« Eh bien je mets nos ennemis hors d'état de nuire. »
Il menaça Cat de son arme : « Toi, rentre dans cette
cage ! »

Cat fit la moue mais se releva, décidé à obtempérer.
Il enjamba la planche de bois pour rejoindre sa prison.
Mais Ralph ne l'entendait pas de cette oreille :

« Stop ! » dit-il. « Inutile de s'encombrer. On n'a pas
besoin de prisonnier. »

Kalam le regarda stupéfait et répondit fermement :

« Ce n'est pas à toi d'en décider, moi je ne veux pas
d'ennuis.

– Cet homme ne vivra pas plus longtemps ! » Il marqua une pause pour expliquer son geste à l'assemblée.
« Il a tué John ! Alors maintenant, descends-moi ce
pourri !

– Je regrette…

– Tu me descends ce type immédiatement ! Sinon…»

Les mercenaires levèrent les yeux en direction de Kalam. La situation se crispait et chacun craignait qu'elle
ne dégénère. Cat jeta un regard paniqué à Kalam qui
tentait de trouver une autre issue, mais rien ne venait.
Sans laisser le temps à Cat de réaliser ce qu'il se passait,
il braqua son mousquet et l'abattit d'une balle en plein
cœur. Cat tomba du siège, foudroyé, les deux mains sur
le trou, le regard éberlué. Son visage se figea, une expression de stupeur à jamais dessinée sur ses lèvres. Il
tomba dans une mare de sang. Dans sa cage, Abraham
hurla de rage. Kalam, impassible, rechargea son mousquet et jeta un regard plus froid que la mort à Ralph.

Puis d'un coup de talon, il lança sa monture en avant
à la recherche du pasteur Stricting.

Quand Finch et ses amis récupérèrent William, le
soir n'était plus très loin. Le vicomte avait pris la peine

de recouvrir le corps de Cat d'un vêtement, en guise de linceul. La petite troupe connut la nuit la plus sombre de son existence. Ils n'avaient jamais été séparés avant ça et ils se demandaient comment ils feraient pour être à nouveau joyeux sans leur compagnon de toujours. Ils étaient devenus, au fil des années, une famille et pour beaucoup d'entre eux, c'était même la seule qu'il leur restait. Ils ressentirent le manque jusque dans leur chair, comprenant combien les choses seraient différentes à présent. Cat avait toujours été le plus discret de la bande, pourtant son absence semblait faire un boucan du diable. Après qu'ils l'eurent enseveli sous quelques pierres, personne n'eut le cœur de parler. La cérémonie fut rapide mais Cat ne leur en aurait pas voulu, compte tenu des circonstances. Il y a des choses qu'il ne sert à rien d'exprimer.

William commençait à gamberger. Depuis l'attaque surprise du comté de Gaverburry, c'était sa deuxième défaite. Abraham était toujours prisonnier et il avait perdu à tout jamais un allié précieux. Ils n'étaient plus que quatre hommes et possédaient seulement deux montures. La partie semblait perdue. Ce sentiment d'échec et d'injustice se transforma rapidement en un feu de haine. Il sentait grandir en lui cette flamme incontrôlable qui dévore tout sur son passage. Et en premier lieu celui qui l'abrite. Il donna ordre à la troupe de se remettre en selle et vit dans leur regard la même rage que la sienne. Il souffla sur les braises incandescentes : « Nous vengerons Cat, nous les tuerons jusqu'au dernier homme ! En avant ! »

Ce soir, le doute et la logique n'existaient plus. Seule la vengeance comptait.

67

Le Mendiant d'os

Château de Blenhum, chambre d'Eleanor.

Quand elle poussa la porte de sa chambre, Eleanor se sentit soulagée d'être seule. Si la présence d'Erik la rendait heureuse, elle craignait toujours qu'un geste ou une remarque déplacée ne finissent par les trahir. Cette chambre était son refuge, le seul endroit où elle pouvait se permettre d'être Eleanor Mac Bain et non plus la duchesse de Blenhum. Ce double jeu était épuisant. Avec le temps, elle s'était faite à sa vie de famille avec Thomas. L'âge et les longues absences d'Erik aidant, elle avait fini par se demander si la recherche de l'amour n'était pas une quête de fillette écervelée. Thomas était gentil, intelligent, puissant et tout un tas d'autres qualités des plus appréciables. Une de celle qu'elle préférait était sa grande pudeur. En plusieurs années de mariage, les explications d'Eleanor avaient souvent flirté avec les limites du raisonnable, pourtant Thomas n'avait jamais posé une seule question qui puisse l'embarrasser. Il respectait son jardin secret. La simple présence d'Erik rappelait à Eleanor qu'elle brisait sa confiance chaque jour davantage.

Sa lutte intérieure était vaine, car il suffisait d'un regard d'Erik, pour qu'elle s'abandonne à la cruauté de la trahison. Qu'avait-elle fait pour mériter une vie de souffrance ? Quand elle voyait ce petit monde qu'elle avait créé, elle s'en voulait de tout détruire. Pourtant, elle avait beau reporter les échéances, elle savait qu'un jour, elle tuerait une des deux Eleanor et qu'à ce moment-là, ce serait toute sa vie qui brûlerait… C'était sans espoir.

Erik n'était pas le seul responsable de cela. Elle était une Mac Bain, elle devait se battre pour sauver son frère et suivre ce destin qui la dépassait. Ce soir, elle était lasse. Les récentes révélations concernant la jumelle de Sarah et ses étranges cauchemars l'angoissaient. Elle aspirait à une vie simple à présent, or tout se compliquait. Par moment, elle maudissait Jafr Al Ser qui tirait les ficelles de son destin depuis sa tombe. Mais ensuite, elle se repentait, inquiète de lui déplaire. Elle ne devait pas oublier qu'elle n'était pas une femme ordinaire même si le fait d'être devenue mère avait changé sa vision du monde... Se pouvait-il que Sarah ait les mêmes aptitudes que son frère ? Que dire à Gregor ? Avant même d'augmenter la lumière des lampes, elle ôta ses broches et libéra ses cheveux. Un courant d'air frais lui parcourut le crâne, synonyme de sa liberté retrouvée. Elle se débarrassa de ses chaussures d'un geste rapide et posa ses pieds à même le sol. Ses orteils se détendirent, elle commençait à respirer. Son dos devint plus souple et ses mains commencèrent à dégrafer le haut de son corset.

Un toussotement venant du fond de la pièce lui fit l'effet d'un clou dans la moelle épinière. Elle reconnut la longue silhouette de Gregor Mac Bain, son oncle. Sans qu'elle sache réellement pourquoi, elle ne pouvait s'empêcher de ressentir de la crainte en sa présence. Gregor était de ceux qui écrasaient par leur silence. Il parla d'un ton hautain et dénué de sentiments :

« Avant que vous n'alliez plus loin dans votre grand déballage, je juge préférable que nous finissions notre discussion.

– Mais ? Que faites-vous ici ? Vous êtes fou ! On va nous surprendre !

– Nous surprendre ? Je crains, ma chère, que la lassitude n'ait fini par triompher des élans de votre mari. Ses petites visites surprises pleines d'espérances contrariées n'ont plus court depuis longtemps. À présent, si vous avez repris vos esprits, sachez que les sujets dont je souhaite m'entretenir ne peuvent être laissés en souffrance. »

Les mots de Gregor Mac Bain lui firent l'effet d'une douche froide. Elle s'assit et plaça ses mains sur ses genoux comme une écolière. Gregor Mac Bain poursuivit :

« J'ai reçu un pigeon d'Augustus Stricting, l'Ervadas qui veille votre frère. J'imagine que j'ai votre attention ? »

Eleanor savait parfaitement qui était Augustus et cette introduction de Gregor n'avait d'autre but que de servir sa mise en scène. Le spectre de Sarah s'éloignait pour un temps, celui de son frère se rapprochait… Elle était à présent totalement concentrée.

« Il y a des complications… »

À ces mots Eleanor se sentit mal et l'angoisse lui serra la gorge. Il expliqua que le chemin de l'île de Warth par la mer leur avait été fermé. Il ignorait encore s'il s'agissait d'une trahison ou d'une malchance, toujours était-il que le lieu de rendez-vous avait dû être modifié. Mais qu'elle se rassure, Marcus allait bien, son corps était au moulin de Silkwater, lieu où les hommes se regroupaient actuellement…

Eleanor écoutait silencieusement Gregor raconter les actions décisives menées par Augustus Stricting, pour la plus grande gloire de l'Ordre. Pourtant ces trépidantes aventures ne faisaient qu'un bruit de fond régulier dans son esprit, que la voix monocorde de son oncle rythmait avec ardeur. Elle se moquait bien de la crypte ou même de la sphère Armillaire, une seule chose lui importait : revoir son frère vivant. Elle repensait à lui, figé dans sa fin d'adolescence par la magie de Jafr Al Ser et les potions de son oncle. Elle l'imaginait en danger, exposé aux aléas des voyages, couché sur sa pierre froide sans possibilité de se défendre. Cette image lui brisa le cœur et un instant, elle crut pleurer. Mais Gregor, en proie à une invisible exaltation, n'aurait certainement pas compris. Pour lui la situation était tout autre. Il voyait un plan, décidé des années auparavant, s'accomplir par sa volonté. Ce rêve qu'il avait lui-même dessiné depuis si longtemps, bien avant même la mort des parents d'Eleanor.

Toute la vie de Gregor se résumait en une seule phrase, un seul objectif : ressusciter Jafr Al Ser, le maître des Nécromanciens et s'asseoir à sa droite. Son obsession pour les reliques était telle que certains membres de l'Ordre se plaisaient à l'affubler d'un surnom hérité de ses aïeux : le Mendiant d'Os. D'après eux, la seule chose capable de tordre le dos de Gregor et de ses principes était les reliques. Pour elles, il aurait dormi au milieu des lépreux et des pestiférés.

Ce soir, dans la chambre d'Eleanor, il se sentait tout puissant. Si proche d'aboutir, que lui-même ne parvenait à y croire. Marcus revenu, plus rien ne pourrait s'opposer au retour du maître. Son emphase s'accentua encore davantage quand il évoqua le retour de son neveu prodigue sur l'île de Warth. Seul un détail insignifiant lui fit froncer les sourcils : William Tadwick.

« Ce petit vicomte sera bientôt de l'histoire ancienne, il ne pourra nous contrecarrer plus longtemps. Nous devons veiller à ce que rien ne perturbe le retour de Marcus. » À ce stade, Eleanor se permit d'intervenir.

« Dois-je comprendre que vous comptez le ramener

à la vie en pleine campagne ?

– Je reconnais la précarité de la situation, mais nous ne jouissons pas d'autres possibilités. Ces voyages en chariot l'exposent beaucoup trop et son appétit n'arrange pas les choses. J'en suis aussi désolé que vous mais les murs du moulin de Silkwater seront les premiers sur lesquels se portera son regard. Il reste peu de temps pour tout organiser, Augustus est déjà en route. La grande conjonction est prévue dans cinq jours.

– Grand dieu… Cinq jours ? Mais comment voulez-vous que je parvienne à me libérer en si peu de temps ?

– Je sais que cela vous tient à cœur, mais votre présence n'est pas indispensable.

– Non, vous ne savez pas ! Vous n'êtes pas le seul à avoir fait des sacrifices ! Ce n'est pas vous, mais Augustus et Erik, qui ont œuvré pour son retour ! Vous n'avez pas le droit de me faire cela. » Elle se mit à pleurer : « Je vous en conjure, attendez-moi ! »

Grisé par sa future victoire, Gregor eut un comportement étrange. Pour la première et sans doute dernière fois de sa vie, il eut une once de compassion. « Je vous promets de vous attendre pour le voir. Je viendrai vous cherchez. Son réveil ne s'opérera pas immédiatement, on ne reprend pas possession de son corps en quelques heures… Augustus veillera sur lui, comme il l'a toujours fait et avec un peu de chance, il nous attendra pour se réveiller. C'est le mieux que je puisse vous proposer.

– Je vous en remercie… Nous pourrons bientôt reprendre une vie libre, en famille.

– Libre ? Qu'entendez-vous par là ?

– J'entends, libre de mes actions ! Libre de voir mon frère, libre de voir Erik, libre de partir de cette prison dorée… »

Gregor siffla :

« N'aurez-vous donc jamais fini de courir après des chimères ? Cette prison dorée comme vous dites, est une place de choix. Aujourd'hui, alors que nous touchons notre but, vous regretteriez ?

– Je ne regrette rien, mais je revendique le droit de vivre... Avec l'homme que j'aime.

– Vous parlez de ce palefrenier que j'ai fait duc ? Et puis je ne vous crois pas. Jamais vous n'abandonneriez votre position. Si ce n'est pour vous, au moins pour vos filles.

– Je vous parle de l'homme qui a ramené la Pierre Pourpre au péril de sa vie ! » Son oncle se plongea dans un profond mutisme, comme abasourdi parce qu'il venait d'apprendre. Après un long silence, il releva la tête :

« Quand les reliques seront en ma possession et que notre bateau voguera pour le Nouveau Monde, alors vous pourrez bien faire ce qui vous chante. Je vous laisserai vivre comme une renégate et souiller l'honneur de notre famille si c'est ainsi que vous voulez demeurer. D'ici là, je vous demande de ne rien faire de stupide... Si vous en êtes capable !

– Je vous rappelle que mes décisions ne regardent que moi !

– Vous savez bien que non. Bien, assez palabré, je suis attendu loin d'ici et nos discussions finissent inlassablement de la même manière.

– Une dernière chose, s'il vous plaît. » Eleanor devint sombre. « Que ferons-nous si la pierre se dérobe à vous comme elle se dérobe à Augustus ? »

Gregor rougit sous l'insulte.

« Si seulement me rabaisser vous grandissait un peu. Quelle femme vous feriez !

– Je suis inquiète voilà tout. » Il se rapprocha d'elle en

chuchotant.

« Femme de peu de foi… Quand comprendrez-vous que ce n'est pas moi qui décide de cela ? Certes les manches d'Augustus sont ornées d'un fil d'or, mais c'est un homme qui l'a cousu. Même si certains se plaisent à l'oublier, les derniers descendants du maître sont des Mac Bain ! Maintenant, suivez mon conseil ! Je connais ce regard, vous avez peur. Vous me faites penser à ces hommes qui, trop habitués à perdre, craignent que le sol ne se dérobe quand la victoire leur tend les bras. Dans la victoire comme dans la défaite, nous devons croire avec la même force.

– Et si nous échouons ?

– Alors nous verrons… Pour l'heure, savourons notre chance et pour vous rassurer, je vous confesse que mon talentueux ami Augustus, n'est pas sans tache dans cette affaire. Son ambition le dévore. Le pourpre à ses manches est sa seule motivation… La maîtrise de la Pierre Pourpre nécessite un engagement sincère, profond, désintéressé et cela, peu d'hommes peuvent le revendiquer. Augustus se retrouve simplement face à lui-même et à ses limites. »

Eleanor le reprit :

« Nous en avons tous… »

Il marqua une pause et dévisagea sa nièce. Depuis toute petite, son tempérament de fer n'avait de cesse de le contrarier. Il regretta d'avoir fait preuve de mansué-tude un peu plus tôt.

« Ma chère enfant. Quand le vin est tiré, il faut le boire. Vos inquiétudes ne changeront rien.

– Je vous prie de m'excuser, c'est simplement que… la foi n'a pas sauvé mes parents. Ils ont fini brûlés vifs dans leur château ! L'idée de savoir Marcus si loin de chez lui me panique… Et si nous étions maudits ? »

La voix de Gregor se fit sourde, menaçante :

« Si vos parents sont morts, c'est parce que votre père s'était éloigné de la voie de Jafr Al Ser. C'est le prix à payer quand on trahit le maître. Vous feriez bien de ne pas l'oublier. Reprenez espoir et montrez davantage d'ardeur en vos croyances. » Gregor la regarda avec un air suffisant et Eleanor s'inquiéta de son attitude. À présent, les yeux noirs de Gregor donnaient le véritable reflet de son âme damnée. Il continua, implacable : « Il vous faut comprendre que personne ne se détourne d'un maître comme Jafr Al Ser impunément. Et que le maître récompense ses fidèles disciples. Croyez-vous vraiment au hasard ? Je vous le dis, ma chère nièce, ce n'est que le début, vous verrez. » Cette joie, plus encore que sa phrase énigmatique, lui donna la chair de poule. « Les Mac Bain ont toujours été les plus fidèles serviteurs du maître et sachez qu'aucun prix n'est trop élevé quand il s'agit de servir Jafr Al Ser. En attendant mon retour, veillez bien sur Sarah. Je m'inquiète de ce qui pourrait graviter autour d'elle... Je ne vous apprendrai pas qu'elle est votre fille et que vous êtes la sœur du dernier Nécromancien. »

Eleanor blêmit. Pourquoi Gregor disait-il cela ? Était-ce une manœuvre de sa part ? L'homme en était capable ! Elle avait la sensation désagréable que l'œil inquisiteur de Gregor la perçait de part en part, à la recherche de ses secrets. Il se tut un long moment et le silence qui s'installa entre eux se transforma en bras de fer. C'est Gregor qui parla le premier, semblant avoir plié... À moins qu'il n'ait obtenu ce qu'il désirait.

« Il est temps pour vous de vous reposer. Vous semblez en avoir besoin. Pour le retour de la mort.

– Pour la naissance éternelle. »

Les mots de Gregor firent le même effet qu'une

douche glacée. Que savait-il vraiment ? Sur ces paroles énigmatiques, Gregor disparut derrière une cloison. Eleanor, blanche comme un linge, prit conscience que les choses s'accéléraient. Maintenant que la fin approchait, elle se demandait si ses choix avaient été les bons. À ne rien vouloir sacrifier, ne risquait-elle pas de perdre bien davantage encore ? Elle saisit un recueil de géographie et rechercha Silkwater. « Nord-Ouest... Quarante-huit miles... » Son doigt se posa sur la page.

68

Le Moulin de Silkwater

Comté de Berkshire, moulin de Silkwater

L'ancien hameau du moulin de Silkwater ressemblait à un camp retranché. Avec un plaisir non dissimulé, Augustus retrouva un lit et un bureau digne de ce nom avec pour cerise sur le gâteau, une caisse de bières laissée à son attention. Il reconnaissait par ce geste, la marque de Gregor. D'un geste lent, il sortit la Pierre Pourpre de sa poche et la posa sur la table. Bientôt Gregor arriverait et subirait comme lui l'épreuve du feu. Si Gregor échouait, cela ne serait pas sans conséquences pour le clan des Mac Bain. Le maître de l'Ordre ne pourrait plus se prétendre au-dessus des autres. Pourtant, au fond de lui, Augustus sentait que Gregor cherchait autre chose que la réussite politique. C'était un vrai fanatique. Alors que lui, eh bien… il n'était pas contre un peu de plaisir et de pouvoir. Il sourit d'aise en buvant sa bière. Il n'aurait pas craché sur un peu de distraction pour la soirée.

Le soir était tombé sur le camp et, dans sa cage, Abraham grelottait. Les nuits d'hiver ne pardonnaient pas longtemps à ceux qui ne les respectaient pas. Blotti dans la fine couverture pleine de puces et de trous, il cherchait sa position. Même à l'abri dans un bâtiment, les barreaux de sa cage lui semblaient glacés. Pour ne pas prendre le risque d'un transfert, les mercenaires l'avaient laissé pourrir ainsi. Sans pouvoir étaler ses jambes ou se lever… Il essayait de se concentrer pour dormir mais à chaque fois qu'il fermait les yeux, le regard perdu de Cat apparaissait dans ses rêves. Quand la fumée se dissipait derrière le mousquet, se tenait le visage de l'Ottoman. Celui-ci était passé lui apporter de la nourriture pour tenter de l'amadouer, songeant certainement qu'un partenariat avec un homme comme Abraham ne se refusait pas, mais ce dernier n'avait rien voulu savoir. Cet homme énigmatique avait tué son compagnon. On avait toujours le choix dans la vie ; celui qu'avait l'Ottoman était impardonnable. Alors avec l'énergie du désespoir, Abraham secouait ses membres, s'étirait, se recroquevillait, roulait d'un côté et de l'autre, car il voulait être prêt pour le moment où quelque chose se produirait.

Emmitouflé dans son pardessus de tissus épais, Foster et deux autres mercenaires montaient la garde d'un œil. Détendus depuis leur arrivée, la fatigue s'installait perfidement. La malchance avait désigné Foster au plus mauvais tour de garde.

Kalam sentit qu'il tenait sa chance. Il ouvrit la porte de l'entrepôt et, à pas de loup, s'approcha du groupe de Foster. Malheureusement, le vieux soldat l'avait entendu et lui pointa son fusil en direction de la tête. Kalam pensa : « Mais personne ne dort donc jamais ? » Malgré son bonsoir plein de sympathie, Foster maintint la main sur son mousquet.

« Hé ! Ce n'est que moi ! Détends-toi ! » tenta Kalam.

« Pourquoi marches-tu de manière si sournoise, et que fais-tu ici ? » Les gardes baissèrent leur arme.

« Silencieuse pas sournoise, j'avais peur de vous réveiller ! Je ne dormais pas c'est tout. Je crois que j'ai pris l'habitude de ne pas pouvoir me reposer. Et puis… mes nerfs me trahissent, je revis la bataille chaque fois que je ferme les yeux. Il fait froid, ce soir…

– J'ai connu de meilleures soirées.

– Également… » Il s'installa sur une caisse de bois et

détendit ses jambes. « Je sais que vous connaissez bien le chef de notre expédition. Alors croyez-vous qu'un jour, je pourrai partir ?

– Mais tu es libre d'aller où bon te semble.

– Certes. » Kalam se referma. « Mais je voulais dire sans risque… Je ne suis pas idiot, je ne pense pas pouvoir partir d'ici sans me prendre une balle dans le dos ! » Foster se mit à rire.

« Tu as raison l'Ottoman ! Mieux vaut demander la permission avant ! Pas vrai les gars ? » Les mercenaires s'amusèrent de la réflexion. Kalam continua de jouer la comédie.

« C'est que… C'est dur à expliquer… Je crois que le pays me manque… »

La remarque frappa dans le mille et Foster se fit plus amical.

« Je connais ça… Moi aussi il me manque. Je suis du nord.

– D'Écosse ?

– Oui, même du nord de l'Écosse… À cette période, le pays est sous la neige. Elle bloque tout et on peut mourir de froid si la chance vous abandonne. C'est le temps où on se rassemble pour les veillées, quelques fois nous festoyons, il y a des chants, de l'alcool… C'est le bon moment pour faire des enfants !

– Brrr ! Ton pays ne me plairait pas.

– C'est sûr que ce n'est pas un pays pour les mauviettes ! »

Kalam ouvrit son manteau pour en sortir une flasque. Il se rapprocha amicalement de Foster et lui tendit le breuvage : « Il parait que ça aide contre le froid et la mélancolie. »

Foster se leva et, par habitude, attrapa le flacon qu'on lui tendait. Il remercia Kalam et n'attendit pas pour porter le goulot à sa bouche. Les premières gorgées lui chauffèrent le visage et le corps. Il sourit et remercia Kalam qui passa le breuvage aux deux autres gardes. Foster, curieux, lui demanda en s'essuyant les lèvres :

« C'est marrant, je croyais que tu ne buvais pas ?

– C'est le cas. Mais il ne faut pas que cela m'empêche de me faire des amis. »

Devant la cage d'Abraham, les hommes rirent de bon cœur de la remarque. Kalam s'approcha du petit feu improvisé et rangea sa flasque en demandant :

« Tu penses qu'on va rester encore longtemps dans ce coin ?

– Je dirais quelques jours. On attend de la visite… Un homme important ! Mais c'est un secret, alors…

– Raconte ! C'est le roi d'Angleterre ?

– Non ! Pas lui ! Je le déteste, c'est un usurpateur ! Figurez-vous que le maître de l'Ordre… hum… doit nous rendre…»

Foster racla sa gorge comme s'il cherchait sa respiration. Il se leva et ne parvint pas à terminer sa phrase. Le visage cramoisi, il fit signe que quelque chose lui bloquait la gorge, puis il s'agita, implorant de l'aide. Les autres gardiens tentèrent de lui porter secours, mais ils furent pris des mêmes symptômes à leur tour. Foster jeta un regard noir à Kalam, qui le regardait, impassible. Fou de rage, il voulut le perforer de son arme mais, d'un geste rapide, l'Ottoman lui bloqua la main et enfonça sa dague dans la poitrine du mercenaire. Foster poussa un long râle. Attaquant avec la vitesse d'un serpent, Kalam transperça les deux autres hommes qui s'affalèrent. En quelques secondes, le paisible feu de camp venait de se terminer en bain de sang.

Kalam remercia silencieusement Abdülhamid d'avoir été un si bon maître puis il regarda les jambes de Foster qui se débattaient encore, refusant la mort injuste qui les prenait. Son visage cramoisi semblait hurler à l'injustice. Comment pouvait-il mourir de manière aussi stupide après ce qu'il avait enduré ? Son dernier geste fut de menacer l'Ottoman. Celui-ci resta impassible. « Un de moins », songea-t-il. Il replaça sa dague dans son fourreau et jeta des vêtements à Abraham :

« C'est le moment, tiens, habille-toi. Fais vite. »

S'attendant à ce qui venait de se passer, Abraham ne posa pas de question. Quand la cage s'ouvrit, il s'étira de tout son long et assouplit ses muscles encore engourdis par les longues journées passées dans une mauvaise posture. Il jura de se venger de ce maudit pasteur. Lorsque Kalam lui passa les armes des hommes morts empoisonnés, le géant le mit en garde. Il n'avait pas oublié ce qu'il était advenu de Cat. L'Ottoman ne baissa pas les yeux et se contenta de répondre que lui non plus.

Ils sortirent du bâtiment et se faufilèrent en direction de la maison du pasteur. Le plan était simple : s'introduire à l'intérieur et se débarrasser de Marcus, en supprimant tout ce qui leur barrerait la toute. Les gardes du camp, peu attentifs, ne remarquèrent pas les deux ombres silencieuses. Kalam chuchota :

« Je sais que tu as hâte de t'enfuir, mais j'ai besoin de toi. Dans une des maisons, se trouve un monstre encore endormi. Je dois le tuer avant qu'il ne se réveille. Tout seul, je n'ai aucune chance d'y parvenir.

– Tu m'excuseras, mais je ne suis pas d'humeur à sauver le monde. Nous verrons ça demain.

– Tu ne comprends pas ! Nous ne pouvons pas partir sans nous occuper de lui. Crois-moi, c'est un démon endormi que l'armée de Stricting veille. Il est la raison de toutes les horreurs que tu as vues. Si on agit silencieusement, nous pourrons ensuite nous faufiler jusqu'à l'enclos et voler des montures. » Abraham serra son épée et demanda dans quel camp Kalam se trouvait réellement.

« On n'a pas le temps pour les explications », ajouta Kalam, « il faut faire vite, notre disparition ne passera pas inaperçue bien longtemps. Alors que décides-tu ? »

Abraham n'eut pas le temps de répondre. Kalam se figea :

« Chut ! Tu n'as rien entendu ? » Le géant le fixa dans le silence, ses yeux indiquant que lui aussi avait entendu des hennissements. Kalam se déplaça en rampant et observa des cavaliers et une calèche qui arrivaient sur le camp. Abraham qui l'avait rejoint, observa la scène et commenta :

« Foster en a parlé… Ce doit être lui, le maître de l'Ordre. »

L'homme qui descendait de la calèche confirma son intuition. Vêtu d'une robe noire, le visage masqué, il parcourait les rangs sous les révérences. Kalam avait changé de couleur :

« Bon sang ! Des mois que j'attends ça, et tout échappe à mon contrôle ! Tant pis, nous n'avons plus le choix.

– Je suis bien d'accord avec toi. Il est grand temps de partir !

– Avec les cadavres de la grange, je ne peux plus reculer… »

Abraham murmura :

« Non, non, il nous faut partir d'ici. Ensuite nous reviendrons avec mon ami, il est à la tête de la troupe qui nous poursuit. Il ne doit pas être très loin. Si nous parvenons à sortir du camp, je te promets qu'il t'aidera. » Mais Kalam refusa. Son visage avait changé d'expression ; il commençait à accepter l'idée que son voyage scrait sans retour.

« Je suis désolé… Demain, il sera trop tard. S'ils ramènent le Nécromancien parmi nous, tout sera perdu. Rien ne pourra plus les arrêter.

– Nécromancien ? Mais de quoi parles-tu ? »

Kalam n'avait pas le temps de donner des explications.

« Je ne t'en voudrais pas de partir… Mais je ne peux pas te suivre. J'ai une mission à accomplir, et ma vie ne pèse pas grand-chose devant elle.

– On ne peut pas se séparer, cela multiplierait nos chances de se faire attraper ! » Abraham pesta mais Kalam disparut dans la nuit. Il le suivit à contre-cœur.

Toujours en silence, les deux ombres arrivèrent en vue de la maison du pasteur. Ils effectuèrent les derniers mètres, aussi invisibles que silencieux. Les gardes n'étaient plus qu'à quelques pas. La porte de la maison s'ouvrit brutalement et Stricting en sortit. Des gardiens lui emboîtèrent le pas. Abraham, la main sur sa lame, le laissa passer. Kalam sourit ; il tenait sa chance. Il s'élança d'un bond dans la direction de la bicoque mais le sort se retourna contre eux. Un cri d'alarme retentit ; les cadavres de Foster et des gardes venaient d'être découverts. Pris d'hésitation, l'Ottoman figea son mouvement, mais un mercenaire passa le nez au travers de la porte. Son visage eut à peine le temps d'exprimer la surprise que Kalam le perfora de part en part. Il était trop tard, les mercenaires allumèrent les torches et se mirent en quête du traître et de l'évadé. Abraham le tira par les épaules. « Ne traînons pas ici ! Si nous parvenons à récupérer un cheval, nous aurons une chance. » Kalam inspira et hocha la tête. Ils prirent la direction des enclos, longeant les murs crasseux, silhouettes invisibles dans la nuit.

Cependant, Ralph avait senti le coup venir et pris possession des écuries. En peu de temps, Abraham et Kalam se retrouvèrent encerclés par les baïonnettes. Le géant serra son épée et adressa quelques mots à l'Ottoman : « C'est le moment de voir si tu as des tripes ! Plutôt mourir que retourner dans ma cage ! »

Tandis qu'Abraham s'apprêtait à charger, Kalam lui asséna un violent coup sur la tête. Abraham chuta et regarda, incrédule, l'Ottoman qui lui fit un sourire gêné :

« Désolé, l'ami. Mourir comme ça ne sert à rien. » Puis il leva les mains en l'air et dit à Ralph :

« Vous pourriez me remercier, je viens de vous sauver la vie... »

Ralph lui décocha un coup de crosse en plein visage.

« Tu m'en diras tant ! Tu as suffisamment fait de dégâts. Remettez l'Indien dans sa cage. Quant à toi... le patron souhaite avoir une petite discussion avec toi. »

69

Feu de camp

Feu de camp de William Tadwick.

Avec l'aplomb qui ne le quittait jamais, Finch donnait son avis :

« On ne le retrouvera pas. C'est tout le problème de la magie ! »

Autour du feu, La Touffe, Finch et William se restauraient rapidement. Cette pause était en réalité plus pour les montures que pour eux-mêmes. Ils étaient sales, fatigués, mais la détermination de William ne faiblissait pas. Depuis le début de la poursuite, ils cherchaient sans relâche, tant et si bien, que le fond des pantalons de Finch et de La Touffe commençait à s'user dangereusement. Le vicomte semblait ne souffrir de rien. Pourtant ses yeux étaient remplis de haine et il devenait difficile de distinguer si c'était son sang-froid ou son entêtement qui guidait ses pas et ses décisions. Une certitude demeurait : il ne lâcherait jamais. Abraham était sans doute encore captif de ce maudit pasteur, et il restait les morts de Gaverburry et Cat à venger. Finch poursuivit :

« Même si on le retrouve, ils restent plus nombreux que nous.

– Peut-être pas », répondit La Touffe.

« Tu crois peut-être qu'ils sont tombés de cheval ! On devrait chercher de l'aide ! » insista Finch, « avec Campbell et le lieutenant Cave, on serait plus efficaces. »

William ne prit pas la peine de le regarder et énonça :

« Nous sommes assez nombreux pour les trouver. Trop de monde les alerterait. Et si on fait demi-tour, la partie s'arrête, ils disparaissent. Il faut être tenace, et tout n'est pas perdu, La Mèche n'est pas encore rentré. Je vous conseille de dormir. D'ici quelques heures, on se séparera de nouveau à la recherche d'indices. »

Les hommes ne furent pas longs à s'endormir. Seul William se perdait en conjectures. Il repensait à son ami Abraham avec un pincement au cœur. Il se sentait en position d'échec. Mais quand son esprit s'attardait sur le pasteur, la haine envahissait tout son être. C'était certainement de sa main que son père était mort. Mais comment un révérend pouvait-il faire cela, comment avait-il su ? Une maladresse de confession, peut-être… Pourtant, ses moyens et ses réflexes étaient ceux d'un homme entraîné. Quel mystère se cachait encore derrière tout cela ? Plus le temps passait, plus William sentait qu'un poisson plus gros que le révérend se tenait en embuscade et cela l'empêchait de dormir.

Plus tard dans la nuit, le trot du cheval de La Mèche les réveilla. Il descendit d'un bond et se jeta sur les haricots secs qui restaient dans la gamelle près du feu.

« Chouette, vous m'en avez laissé. »

Il ne prit pas la peine de sortir sa cuillère et commença son repas avec l'appétit d'un ogre. Comme il savait que tout le monde attendait son rapport, il se mit à parler en mangeant :

« J'ai trouvé quelque chose d'étrange. »

On entendit le grognement de Finch et de La Touffe qui lui jetèrent l'outre de vin pour qu'il se dépêche de parler.

« Peut-être une piste… » La Mèche parlait de façon entrecoupée pour déglutir. « Il reste du pain ? » Finch lui tendit un morceau en exprimant son agacement. « On m'a parlé d'hommes armés. » Il but quelques gorgées de vin. « J'ai cru que c'étaient nos soldats ! Mais, en réalité, c'était une bande de malfrats, les frères Galagher. Ils viennent de se faire recruter, sans doute pour un mauvais coup.

– Tu sais où ils se rendaient ?

– Oui, monsieur le vicomte. C'est pour ça que j'arrive si tard. Je me suis dit que ça avait peut-être un rapport avec Abraham. Alors j'ai suivi la piste, et je sais où ils vont ! Ils se rendent au moulin de Silkwater. C'est à l'ouest d'ici.

– Les diables ! Ils nous auront bien bernés ! On est du mauvais côté, il va falloir repasser la rivière ! » pesta William. Il y eut un grand silence. Il était content de la nouvelle, mais conscient que les problèmes ne faisaient que commencer. Seul La Mèche faisait du bruit en terminant son repas. Le bruit de fer que produisait l'assiette qu'il grattait lui valut une réflexion de Finch, qui lui demanda s'il pouvait respecter le travail des intellectuels.

« Facile à dire, quand on n'a pas faim ! » rétorqua La Mèche. William se mit à réfléchir à haute voix.

« S'ils s'arrêtent, c'est qu'ils croient nous avoir semés…

– Ils sont combien les frères Galagher ? Deux, trois ?

– Ça dépend des fois », répliqua la Mèche, la bouche pleine. « Ils ne sont pas tous frères, c'est une bande… »

William se redressa et prit la parole :

« Maintenant que nous les avons localisés, il va nous falloir du renfort. J'ai besoin d'un soldat de liaison pour guider le capitaine Campbell. Un volontaire ?

– Ben… ça dépend… Si on reste, que nous arrive-t-il ?

– On part au moulin voir si on peut tenter notre chance. Dans le cas contraire, on attendra le capitaine et les renforts. »

Finch intervint, le plus sérieusement du monde :

« De toute façon, pas question de vous laisser seul, major. Vous ne savez pas rester tranquille. Si je pars, vous allez encore vous attirer des ennuis. Je reste !

– Je ne suis pas suicidaire, non plus. À un contre dix, je ne joue pas.

– Je voudrais bien voir ça ! Non, on vous accompagne tous ! Pour vous, Cat et Abraham. Pas besoin de renforts ! »

Ses amis acquiescèrent.

Le vicomte sourit de la réponse. Il regarda affectueusement la petite bande et se dit qu'il était content de les avoir. Une partie de lui s'en voulut de les mener à une mort certaine, mais c'était la guerre. Il leur rétorqua :

« Pourtant, il faut que l'un d'entre nous prévienne les renforts.

– Alors, c'est réglé ! C'est La Touffe qui s'y colle ! C'est toujours lui qui gagne à la courte paille », expliqua Finch tandis que La Touffe prenait son air le plus fier.

« Et bien alors, vérifions cela. » Intervint William. Il se baissa et ramassa trois morceaux de paille. « Le plus court part prévenir les renforts.

– Il manque votre paille, major !

– Non, moi je ne joue pas. »

Comme prévu quelques instants plus tôt, le cheval de La Touffe galopa en direction de Gaverburry. William jeta de l'eau sur le feu et enfourcha sa monture. « En route ! Allons visiter ce moulin de Silkwater. C'est par où ?

– Par ici ! » répondit La Mèche. Finch s'écria, plein d'emphase :

« À nous, les faux frères Galagher ! Euh… avant qu'on parte, il reste du vin ? C'est que je préfère boire avant d'avoir soif ! »

70

Les Bijoux de famille.

Moulin de Silkwater

Suspendu par les poignets, le torse de Kalam était couvert de sang. Ses genoux pliés faisaient frotter mollement ses pieds sur le sol. À ses côtés se tenait Augustus, le révérend, transformé en bourreau pour l'occasion. Les mains recouvertes de bouts de tissus pour ne pas se faire mal aux mains, il assénait des coups précis à l'Ottoman. Son âge ne lui permettant plus la même endurance que jadis, il dut faire une pause. Il s'installa sur une chaise devant sa table et but un verre de vin puis reprit son interrogatoire :

« Je trouve ton histoire extrêmement divertissante. Peux-tu me la raconter de nouveau ? »

Kalam poussa un râle et cracha du sang. Augustus insista :

« Allons, je t'écoute. » Kalam reprit son souffle pour répondre.

« Je voulais partir, c'est tout.

– Pourquoi libérer l'Indien alors ? Tu n'avais qu'à prendre ton cheval et disparaître.

– C'était pour faire diversion. Il me servait d'appât. Je sais que vous y teniez, sinon il serait déjà mort. Vous n'auriez pas pu courir deux lièvres à la fois.

– Ainsi c'était une manœuvre… Comme le meurtre de Foster ?

– Je ne voulais pas. C'est de sa faute, j'avais mis un somnifère dans son whisky, mais il m'a attaqué ! C'est lui qui est tombé sur ma lame, je ne voulais pas le tuer ! Après cet accident, les deux autres gardes m'ont attaqué, je n'ai fait que me défendre, je n'avais pas le choix ! Laissez-moi partir, par pitié !

– La pitié ? Elle est inutile. Elle rend faible et c'est une perte de temps. » Augustus Stricting frappa Kalam de nouveau. Voilà qui défoulait ! L'opération dura encore quelques minutes puis il retourna s'asseoir. « Décidément, ton histoire me plaît de plus en plus. Tu es quelqu'un d'inspiré…

– Pourquoi me frappez-vous encore ? Je vous ai tout dit.

– Tout dit, non. Par exemple, parle-moi de ton whisky… » Stricting sortit la fiole de la poche de la veste. Il secoua la flasque, en rapprochant son oreille. « Je t'en aurais bien proposé, mais elle est vide. Dommage. » Il ouvrit le flacon et le renifla. « D'après toi, il y a du whisky et un somnifère, c'est cela ? » Le révérend Stricting renifla de nouveau en se concentrant davantage : « Comme c'est étrange… Je jurerais reconnaître cette petite odeur aigre. Mais je dois me tromper, si c'est un somnifère ce n'est pas possible. C'est l'odeur d'une baie qui sert à la composition d'un poison. Elle agit sur le système respiratoire… Elle endort certes, mais définitivement !

– Peut-être que le vendeur m'a menti. J'ai l'impression que les Ottomans ne sont pas trop en odeur de sainteté de ce côté du Bosphore.

– Va savoir ! » dit Stricting en se balançant sur sa chaise. « Et les coups de couteau, et les deux autres morts ? Tu m'expliques à nouveau ?

– J'ai dérapé, la panique sans doute. »

Kalam espérait encore un miracle. Il était en très mauvaise posture. Ses liens étaient trop serrés pour lui permettre de se libérer, il tentait donc de gagner du temps. Stricting continuait de sourire :

« Tu sais, tes histoires m'amusent beaucoup. J'ai encore une question… » Il mit la main dans sa poche et en sortit la broche d'Abdülhamid, celle qui représentait Yatstiyb, l'épée qui terrassât Jafr Al Ser.

« D'où te vient un aussi joli bijou ?

– C'est la broche de ma mère…

– Un bijou de famille ? Il a l'air très vieux. C'est une belle épée qui est gravée. » Kalam comprit que son sort était scellé. « Décidément, Erik devrait être plus prudent. Comme je vois que tu aimes les histoires, je vais t'en raconter une. Elle parle d'assassins des terres lointaines, d'hommes ayant fait le serment de tuer les Nécromanciens. S'ils se targuent d'agir noblement, ils n'hésitent pas à avoir recours à toute sorte de subterfuges malhonnêtes. Poison, arbalète, incendie… Ils paraissent aussi paisibles et inoffensifs qu'un chat endormi devant la cheminée, mais à la moindre souris qui passe, au moindre oisillon, ils plantent leurs griffes et l'égorgent sans sourciller. Et toute cette violence pour quelle raison ? Je l'ignore… Un peu comme le chat qui tue sans faim. Tu vois où je veux en venir ?

– Vous n'aimez pas les chats ? » dit Kalam en crachant du sang. « Je partage votre point de vue, je ne sais pas pourquoi, mais… Aie ! Ils me font éternuer !

– Et bien aujourd'hui, les souris ont attrapé un chat ! Et comme toi, je déteste ces félins… Bientôt tu rejoindras ceux de ton espèce ! Mais avant tu me diras combien vous êtes… »

Il se leva et s'apprêta à le frapper encore une fois mais Kalam hurla :

« Attendez ! Attendez ! J'ai une proposition à vous faire ! » Le visage d'Augustus s'illumina. Un peu déçu de ne pas avoir pu étancher sa soif de sang et de douleur, il fit la grimace. Kalam poursuivit :

« Si c'est à cause de la broche, je vous la donne. Je n'y tiens pas tant que… » Sa phrase s'acheva dans un hurlement. Augustus conclut :

« Tu sais, de tout ce que tu racontes, le seul truc de vrai est que cette broche appartient à ta famille. Je ne pensais pas en voir une un jour. L'insigne des chasseurs : l'épée de Yatstiyb… elle est merveilleuse. Ainsi, c'est elle qui permet de soustraire le chasseur au regard de Jafr Al Ser… » Il se mit à rire. « Et bien maintenant, il te voit ! Finalement, je ne vais pas te tuer Kalam, pas tout de suite. J'espère même que tu pourras tirer un peu de plaisir de nos aventures.

– Je n'ai pas vos goûts douteux…

– Je vois que tu aimes palabrer. Tant mieux ! Tu as beaucoup de choses à nous apprendre ! Vos habitudes, votre nombre, ce que vous avez en tête… » Il s'équipa d'un crochet de boucher et lui transperça le biceps. Kalam se tordit de douleur et cria :

« Allez au diable !

– Certes, certes, j'irai peut-être, mais je connais quelqu'un qui peut m'en faire revenir. Vois-tu, la partie n'est pas équitable. »

La douleur était si atroce que Kalam perdit connaissance. Stricting s'approcha de la corde et détacha son extrémité, le corps de l'Ottoman s'affala au sol. Il reprit doucement conscience.

« Assez pour ce soir. Repose-toi, Kalam, repose-toi bien. Ton supplice commence à peine. Axel ! » Un homme passa la tête par la porte. « Reprends-le, j'en ai fini avec lui. Veille à ce qu'il mange, je veux qu'il vive.

– À vos ordres. »

Quand les deux hommes disparurent, Stricting se rassit et se resservit un verre de vin. Il examina la broche encore une fois, esquissant un sourire satisfait. Un chasseur… finalement, il y avait de la promotion dans l'air ! Parfois la vie offrait de réjouissantes perspectives. Il la plaça dans sa poche et se rendit à la rencontre de Gregor Mac Bain.

Il pénétra dans la pièce illuminée par la cheminée. Gregor Mac Bain se retourna et le fixa de son regard de prédateur. Malgré son allure fine et décharnée, ses yeux projetaient une intensité inquiétante, hypnotique. Augustus le salua avec respect :

« Pour la naissance éternelle…

– Pour le retour de la mort… » Il marqua une pause. « Curieuse idée que ce rendez-vous champêtre !

– J'en suis conscient, maître. La situation est maintenant sous contrôle, Archibald de St-Maur me confirme que les troupes du vicomte sont à plusieurs jours de marche et ils ignorent tout de notre position. » Il s'énerva :

« Ce Tadwick n'a eu de cesse de contrarier mes plans ! Des fois je me demande si nous avons bien agi en supprimant son père !

– Nous n'avions pas le choix. Le laisser en vie était prendre le risque de voir à nouveau les reliques disparaître. Je sais qu'il a dû vous en coûter de le tuer de vos mains, mais votre audace et sa mort étaient nécessaires à l'aboutissement de notre projet.

– Je sais… Mais son fils ne m'a pas simplifié la vie. Pourquoi avoir voulu le laisser en vie ?

– Deux morts dans la même famille en moins d'un an ? Autant laisser un parcours fléché ! Et puis j'ai d'autres projets le concernant, vous les découvrirez bientôt. La mort n'est pas la pire des choses pour un homme d'honneur, vous savez. À ce propos, je vous remercie pour votre… Comment s'est-elle présentée ? C'est cela… votre offrande !

– J'en suis ravi. D'ailleurs, je souhaite qu'elle me fasse son rapport.

– Cela attendra, je l'ai autorisée à prendre du repos. Je dois reconnaître que vous savez vous entourer, votre Salamandre semble posséder d'innombrables qualités. »

Augustus fit la moue. Les allusions de Gregor ne lui plaisaient pas. Il tâcha de ne pas le montrer.

« Eleanor n'est pas là ? Vous êtes venu seul ?

– Elle me rejoindra plus tard. Vous avez bien œuvré Augustus. Les évènements ont pris une tournure… extraordinaire ! À croire que notre opération est bénie par Jafr Al Ser lui-même. La crypte a été retrouvée, la Pierre Pourpre est en notre possession…

– Et nous détenons un chasseur ! Tenez ! » Augustus lança la broche à Gregor. « Elle est fraîchement cueillie. Et dire que je croyais à une banale désertion ! L'Ordre sera ravi de cette découverte ! »

Gregor la saisit d'un geste précis. Sa mâchoire se crispa. Ainsi les chasseurs étaient dans les parages ! Comment était-ce possible ?

« Je croyais Abdülhamid mort ?

– Il l'est. Erik a ramené celui-ci dans ses bagages. Sans doute un disciple. »

Gregor se tut. Toujours ces maudits chasseurs ! Il se rapprocha de la théière et tendit ses doigts pour vérifier la température de l'eau. Elle était encore chaude. Il demanda du bout des lèvres, un récipient convenable. Augustus se dirigea vers une malle et sortit une veille tasse à la dorure passée. Religieusement, il la déposa sur la table et d'un geste calme, versa le liquide aux reflets ambrés, qui glissa sur la blancheur de la porcelaine. Gregor prit la tasse et se rapprocha de la cheminée. Il resserra sa cape. L'évocation des chasseurs l'avait contrarié. Dos au foyer, il se rappela le carreau tiré par ces assassins. Il les savait redoutables. Aujourd'hui grâce à son ami, l'Ervadas des Aella, il en détenait un. Peu d'hommes de sa connaissance lui attiraient de la sympathie. Leurs envies se limitaient souvent à celles des bêtes qui copulent dans les champs : pouvoir, nourriture, sexe. Stricting était différent et, en dépit de son penchant particulier, le pasteur faisait partie de cette race d'hommes pour lesquels l'ambition était tout. Suprême avantage car cela le rendait facilement maîtrisable, du moins tant que son encolure ne dépasserait pas la sienne, songea Gregor en jouant avec sa tasse. Il la regarda avec nostalgie.

« Je suis surpris de voir que vous avez conservé cet objet. Que cela passe vite… Depuis combien de temps nous connaissons-nous ?

– Longtemps… Marcus et Eleanor n'étaient pas nés. »

Gregor sourit :

« Vous savez, je compte bien peu d'amis. »

Augustus se rapprocha de lui :

« Vos paroles m'honorent. Maître, si seulement… »

Mais Gregor coupa net la discussion.

« Si seulement, le monde n'était pas ainsi fait… Combien de fois n'ai-je entendu cette phrase ? »

Gregor jeta le reste de son thé dans le feu.

« Il est trop fort… Je ne digère pas les aliments trop marqués. »

Stricting comprit l'allusion et se redressa, un peu vexé. « Concernant ce chasseur… Comptez-vous l'interroger ?

– Transpiration, odeurs, vomissures… Non, vraiment je préférerais éviter. Faites ce qu'il sera nécessaire pour obtenir des informations, puis donnez-le à manger aux cochons. Cette histoire de chasseurs doit rester un secret. Un déserteur voilà tout. Si les membres de l'Ordre l'apprenaient, leur courage soi-disant indéfectible s'éroderait aussi vite que du sucre sous la pluie. Je ne pourrais tolérer qu'un vent de panique souffle dans nos rangs, une telle honte pour notre Ordre m'affligerait au plus haut point. Non, gardez cela pour vous, je vous prie.

– Il sera fait selon votre volonté. » Gregor annonça :

« Je compte réunir l'Ordre, car il nous faut préparer la suite. Armando de La Roya progresse et ce n'est plus qu'une question de temps avant qu'il ne découvre l'emplacement de la météorite prophétique. Bientôt, nous serons prêts à faire revenir notre maître.

– Pour le retour de la mort ! À ce propos… Je suis désolé. Je n'ai pas pu récupérer la sphère Armillaire. Réparée, elle aurait pu nous guider comme elle a dirigé Tibère dans les temps anciens. » Gregor sourit, de ce sourire à peine esquissé qui lui donnait l'air menaçant :

« Ce n'est rien, mon ami. Elle n'est pas bien loin, je vous l'assure et Armando La Roya progresse. Il est maintenant l'heure de chanter vos louanges. Votre mission est un succès Augustus ! Vous avez réussi. Marcus et en vie, la menace éloignée, la crypte retrouvée… Grâce à vous, l'Ordre s'est couvert de gloire ! Votre démonstration de force a convaincu les plus réticents et, maintenant, tous se pressent à renouveler leurs vœux. Il est temps que je sois rejoint par un Ervadas, un Ervadas aux manches cousues de pourpre. »

Les yeux de Stricting brillèrent. Son ambition se trouvait assouvie, rien n'était plus beau. Enfin il tenait sa victoire, le droit de commander à l'Ordre. Lui, un simple Ervadas, un Aella !

« Qu'en pensez-vous mon ami ? »

Le pasteur s'inclina à toucher le sol :

« C'est trop d'honneur, maître.

« – C'est amplement mérité. Demain, si Jafr Al Ser y consent, Marcus sera de nouveau parmi nous. Je vous laisserai donc ma place à la tête de l'Ordre ici, tandis que lui et moi partirons accomplir notre destin de l'autre côté de l'océan. Il faudra quelqu'un pour veiller sur l'Ordre et préparer notre retour.

– Mais… Maître, j'espérais vous accompagner !

– Je comprends votre envie, mais votre devoir est ici. »

Déçu, Augustus ne dit rien et baissa la tête. Il comprenait que derrière son ambition contrariée, se cachait celle de Gregor. Jamais le grand Mac Bain n'aurait toléré qu'un autre Ervadas que lui puisse se tenir aux côtés de Jafr Al Ser lors de son retour. Gregor surprit le regard plein d'intensité d'Augustus et il sourit intérieurement. Il connaissait les hommes, et cette réaction ne le surprit pas. Il savait que la démonstration de force qu'il s'apprêtait à réaliser ferait comprendre à tous qu'il était le seul maître à bord, et Stricting comme les autres, ne ferait pas exception. Il le congédia :

« Maintenant, j'ai besoin de me concentrer. La préparation de ce sortilège est délicate. Veillez à ce que je ne sois dérangé sous aucun prétexte. Que la salle soit prête !

– Peut-être auriez-vous besoin d'aide ? J'ai moi-même expérimenté quelques…

– Si vous voulez être utile, taisez-vous et apportez-moi la pierre. Ce que j'ai à faire ne souffre pas d'approximation ! »

Tu veux du poulet ?

Moulin de Silkwater

Le moulin de Silkwater reconnaissable à son toit en ardoise, était adossé à un silo à grains où veillait une famille de félins endormis. Le sentier qui menait à l'endroit suivait le cours d'eau régulier, mais puissant. Le moulin devait son nom à l'aspect onctueux de sa rivière qui ressemblait à une cape qui dévalait la plaine : la rivière de soie. La blancheur de l'hiver accrochait un peu d'hermine à sa robe de soirée noire. Frigorifié dans sa cage, Abraham ne se souciait que très peu du cadre bucolique dans lequel il était résidant forcé. Depuis l'échec de son évasion, son moral était en berne. Ce qui le surprenait le plus était d'être encore en vie. Il avait beau chercher, il ne trouvait aucune explication logique à cet état de fait. Il ne restait qu'un homme pour le sauver et bien qu'il doutât de sa survie, il savait que ce dernier continuerait sans relâche à le chercher. Ce regain de confiance représentait le dernier morceau d'espoir auquel se raccrocher. L'attente amena la nostalgie. Il se revit avec William, arpentant les espaces sauvages du Nouveau Monde, la mort aux trousses… Pourtant, jamais, elle ne lui avait paru aussi proche que maintenant. Son instinct lui dicta que cette fois, il n'en réchapperait pas. La porte s'ouvrit sur Ralph. Il lui apportait de quoi manger dans une auge en bois :

« Petit déjeuner ! Profite, il y a du poulet et des patates. Je l'ai un peu grignoté, mais il t'en reste assez. » Le mercenaire tenta de lui passer le plat, mais les barreaux bloquèrent l'assiette, alors il lui sourit et plaça l'auge à la verticale faisant tomber les aliments au sol. Il ricana en s'excusant sèchement : « Pardon ! Je suis maladroit !

– Maladroit peut-être, mais abruti très certainement !

– Si ça te fait du bien, profites-en parce que, d'après ce que j'ai compris, ce soir c'est ta fête.

– Pourquoi ce soir ? Qu'y a-t-il de spécial ?

– Je crois que cette nuit… C'est ta dernière soirée parmi nous… » Le mercenaire fit un geste éloquent traçant une ligne d'une oreille à l'autre en passant par le cou. « Alors mange tant que tu peux l'Indien !

– Attends ! Pourquoi ce soir ? Que se passe-t-il, c'est un rituel ?

– Tu verras bien, mais de ce qu'on m'a dit, ton ami et toi, vous serez aux premières loges ! »

Le mercenaire éclata de rire et ressortit. Abraham ramassa ses pommes de terre sur le sol et les essuya. Après les avoir mangées sans trop d'appétit, il ne put se résigner à attendre tranquillement son dernier soupir. Il poussa à nouveau de toutes ses forces sur tout ce qu'il trouva, le moindre interstice fut sollicité, mais malheureusement la cage ne broncha pas. Il fallait se rendre à l'évidence, il était fait comme un rat. C'est alors que son regard porta sur les restes de poulet. Soudain, il repensa à la légende du marquis de La Roya. Il s'en saisit avidement et avec la minutie d'un horloger commença son opération. L'espoir renaissait.

Quelques heures plus tard, il abandonna de dépit. Cette fois c'était bel et bien fini. À l'évidence, Armando de La Roya avait bénéficié d'une aide peu recommandable pour réaliser ce tour. Il frémit. Si effectivement, le diable passait dans le coin ce soir, ce ne serait pas pour le laisser s'enfuir… Instinctivement, ses yeux portèrent par-delà les murs et les barreaux. Abraham soupira. Mais que faisait ce satané vicomte ?

Non loin de là, cachés dans les fourrés, La Mèche et William observaient les lieux à la longue vue. William replia sa lunette et soupira :

« C'est bien ici. Il y a des hommes en arme un peu partout, je dirais une douzaine. Ils ne sont pas là pour rien, c'est sûr. Regarde ! » Il tendit sa longue vue à La Mèche et désigna les points importants : « Les deux entrepôts sont gardés. Il y a deux hommes devant. Les autres se relaient. Et là-haut ! » Il guida les mains de La Mèche : « Regarde dans le silo à grain.

– Ah oui ! Je le vois. La vigie. C'est sûr qu'elle ne veille pas sur le grain ! Reste à savoir comment on fait pour passer…

– On ne passera pas. On va attendre ici. Il faut surveiller et attendre les renforts. Tenter quelque chose est beaucoup trop risqué. » Comme William pestait, la Mèche prit la longue vue et se mit à observer :

« C'est vrai, je n'aperçois pas d'Ottoman parmi eux. Faudra demander à Finch si de son côté, on voit mieux. C'est dommage qu'on ait qu'une seule loupe comme ça. On voit drôlement bien !

– Ce n'est pas une loupe, c'est une longue vue. »

La Mèche déplaça la lunette au fil de ses envies. À côté, couché sur le dos, William réfléchissait :

« Le mieux, c'est de ne pas bouger. Ils sont là pour une bonne raison sinon ils ne se seraient pas installés. Tu vois le révérend ?

– Non, monsieur le marquis.

– Vicomte, ça suffira.

– Pardon, oui monsieur le vicomte, enfin je veux dire non. Je ne vois rien de spécial. Sauf que… Bon sang, mais ce n'est pas vrai ! » William repassa sur le ventre.

« Que se passe-t-il ?

– Eh bien c'est Finch ! Je le vois dans la longue vue…

– Passe-moi ça ! » D'un geste il arracha la lunette des mains de La Mèche. « Mais il est malade ! Il va se faire attraper ! Il faut l'arrêter !

– Je crois que c'est trop tard. Mais faut pas vous inquiéter, il est sacrement doué.

– Sacrement doué ! Mais bon sang de bonsoir ! Il est fou ! »

Caché derrière un chariot, Finch attendait que la vigie du silo à grains se retourne. La Mèche plissait les yeux comme si cela l'aidait à voir plus loin. William reçut une douzaine de décharges d'adrénaline à la seconde. L'œil collé à la longue vue, il suivait les péripéties de l'inconscient.

« Zut ! La patrouille fait le tour, ils vont le voir ! »

L'oreille dressée, Finch entendit le bruit des bottes dans son dos. Avec souplesse, il se glissa sous le chariot et parvint à se suspendre entre les essieux, se faisant invisible. La patrouille passa sans un regard. Aussitôt, il se mit à galoper le dos baissé et se logea dans un recoin du terrain. Deux bonds plus tard, il soulevait la fenêtre d'un entrepôt et disparaissait à l'intérieur.

« Mince, qu'est-ce qu'il fait ? » demanda La Mèche.

« Il cherche à localiser Abraham. Il est fou, mais il est incroyable. Je ne sais pas comment il a pu faire. Il doit avoir des yeux derrière la tête. » La Mèche, fier de son ami, partit dans une tirade euphorique.

« Et encore, ce n'est rien. Vous auriez vu la façon dont il s'était faufilé à travers les gardes de ce vieux grigou de marquis Olson ! Hum… » William jeta un regard assassin à La Mèche qui se reprit immédiatement. « Non, mais c'est vrai qu'il est doué. »

Comme Finch ne ressortait pas, l'inquiétude monta chez William et son comparse :

« Vous croyez qu'il s'est fait piquer ?

– Non, personne ne bouge. Il est encore dedans. »

Mais déjà Finch ressortait. Il entreprit de contourner le bâtiment, mais arrivé dans un angle, il dut faire demi-tour, car des gardes se dirigeaient vers lui. Arrivé de l'autre côté, il constata que la patrouille qu'il avait suivie, revenait. Il était cerné. Sans perdre son sang-froid, il retourna à la fenêtre et s'engouffra à nouveau dans le bâtiment. William ne décrochait pas ses yeux de la longue vue. Mais cette fois-ci, Finch ne ressortit pas.

« Alors ? » couina La Mèche

« Plus rien. Je crois qu'il ne repassera pas par là. De toute façon, on ne peut rien faire. »

William replia sa longue vue et la tendit à La Mèche. Il se remit sur le dos comme pour s'endormir. Il déclara :

« Si tu vois de l'agitation, préviens-moi.

– De l'agitation ? Comme pour un bal ?

– Je voulais dire : préviens-moi si tout le monde se met à courir.

– À vos ordres, major ! »

La Mèche, les yeux sur la lunette, s'usait la rétine en vain. Pas de la moindre trace de Finch ni d'une quelconque agitation. William rêvait de pouvoir passer ses mains autour du cou de l'aventurier d'opérette. Si jamais il se faisait pincer...

Quelques heures plus tard, Finch arriva en petites foulées. À hauteur de William, il posa ses mains sur ses genoux en haletant :

« La vache ! J'ai bien cru que j'allais me faire choper au moins deux ou trois fois. Ils ne rigolent pas trop les gars là-bas ! »

William le coupa et, furieux, lui dit :

« Tu es complètement inconscient ! Et si tu t'étais fait attraper ? Tu aurais dû me demander l'autorisation ! »

Finch, épuisé, finit par s'asseoir sur le sol. Il haussa les épaules :

« Si je l'avais fait, vous auriez refusé. Ce n'est tout de même pas de ma faute, si de la place que vous m'avez attribuée, on ne voit ni le pasteur, ni l'Ottoman ! Il fallait en avoir le cœur net. C'était le seul moyen et vous le savez bien.

– Tu as agi en irresponsable et tu ne peux pas prétendre savoir quelle aurait était ma décision !

– C'est-à-dire ? Vous m'auriez laissé y aller ?

– Oui, mais pas de cette façon. En cas de problème, tu n'avais aucune chance de t'en tirer. Aux dernières nouvelles, tu es sous mes ordres. Il s'agit d'un acte répréhensible et tu devras en répondre. » Finch fit une moue étrange, à mi-chemin entre le remord et l'outrage. William se calma. « Mais pour l'instant, j'avoue être impatient de savoir ce que tu as vu. Nous t'écoutons.

– Alors ça ! C'est facile ! »

Finch regarda autour de lui, ramassa un bâton et traça des traits au sol :

« Ce caillou, c'est le moulin. Le bout de bois représente le silo, eh bien Abraham est ici dans ce bâtiment, enfermé dans une cage. Je n'ai pas pu lui parler, mais je l'ai bien vu.

– Il va bien ?

– À peu près. Ils sont quatorze en tout, enfin, je n'ai pas trouvé Foster. J'ai aussi vu des tombes fraîches. Ils ont peut-être eu un coup dur. L'Ottoman est attaché dans un autre endroit. Il s'est fait tabasser.

– Qu'est-ce que c'est que cette histoire ?

– Je ne comprends rien non plus. C'est peut-être une mutinerie ?

– Tu sais où dort le pasteur ?

– Oui, mais la vigie n'autorise pas tous les déplacements. Elle a bien failli me pincer.

– Je sais, je t'ai vu l'éviter », dit La Mèche. « Avec ça, on peut regarder comme si on y était ! » Il montra la longue vue.

« Alors tu m'as vu ? » se renseigna Finch, intéressé.

« Ah ça oui ! Carrément bien même ! T'étais sensationnel !

– C'est vrai ? Tu as vu comment je suis passé, ils n'ont rien vu ! Finch le magicien ! » William s'agaça.

« Si ça ne vous dérange pas, on va reprendre.

– Pardon. » Dit Finch. « Le révérend est dans cette bâtisse. Il s'occupe d'un blessé. Un jeune. Il a l'air préoccupé. Il lit de grands livres et fait des calculs avec un sextant. Et ici, il y a une maison sous bonne garde. Personne ne rentre ni ne sort. Vous y comprenez quelque chose ?

– Absolument rien, mais ce n'est pas ce qui nous intéresse. Ne perdons pas de vue que notre objectif est de sortir Abraham de là.

– Il est enchaîné comme Lucifer. Je ne vois pas bien comment on ferait. Vous avez un plan ?

– Oui, on continue d'observer et on attend La Touffe et les renforts.

– Et si ça barde ? »

William redoutait cette question. Comme il ne savait pas quoi répondre, il laissa son cœur parler :

« Si ça barde, on avisera. »

Cette remarque ne rassura ni Finch ni La Mèche, qui commençaient à regretter la courte paille tirée par La Touffe.

De l'agitation

Moulin de Silkwater.

Pour la première fois depuis longtemps, William s'était endormi rapidement. Abraham localisé, le guet installé, il lui suffisait d'attendre les renforts pour échafauder un plan. Même s'il hésitait encore, l'encerclement de la bande lui semblait le moyen le plus sûr de négocier sereinement la vie de son ami. Quand la main de Finch secoua son épaule, il sursauta :

« Vous m'avez demandé de vous réveiller en cas d'agitation. Eh bien là, ça ne manque pas ! Le mieux c'est que vous veniez voir ! »

William se dressa d'un bond et fonça au point d'observation. Couché dans les hautes herbes, il s'exclama : « Ventre bleu, qu'est-ce que c'est ?

– C'est bien là la question ! En tout cas, moi ça me file les chocottes… Ils ont installé ça dans la journée. Je ne comprends pas pourquoi ils ont choisi la maison en ruine, elle n'a même pas de toit. J'ai d'abord cru à une sorte de fête… Mais là…»

Devant les yeux ébahis de William, se déroulait une scène étrange. Des hommes cagoulés se tenaient prostrés devant un moine qui brandissait une pierre dans ses mains. Elle luisait, incandescente. Des brasiers et des drapeaux les encerclaient, comme autant de gardes menaçants. Une litanie entêtante commença à raisonner. Elle lui donna presque la nausée. Une sensation de malaise envahit William. Son inconscient lui disait que quelque chose d'affreux se préparait. Il regarda attentivement la scène pour tenter de comprendre. On aurait dit une cérémonie païenne. Il sentit les frissons naître dans sa nuque.

« Du coup qu'est-ce qu'on fait, chef ? » demanda Finch.

Ne comprenant rien à ce qui se déroulait, William était bien embêté de répondre. Il se contenta de dire :

« Je crois qu'il faut réveiller La Mèche… » Dans son esprit, l'image du rituel de la crypte de Stablepoint se dessina. Il reconnaissait les éléments de la cérémonie. La vision de l'énorme croix de fer en X s'imposa à lui. Il venait de comprendre. La peur le laissa sans voix un instant, puis il s'écria : « Abraham ! Ils vont le sacrifier ! »

Gregor Mac Bain avait revêtu sa robe de bure noire et un masque, il ne devait pas gâcher sa couverture. Il avait toujours rêvé d'accomplir un sort majeur, au-delà de l'hérédité, au-delà du sang. S'il réussissait, son nom entrerait dans la légende. Lui, Gregor Mac Bain, le cadet, serait celui qui aurait ramené le dernier Nécromancien du royaume des morts. Ces années d'exercices sacrificiels servaient finalement un dessein bien plus grand que la vie de Marcus. Cela justifiait bien quelques angoisses. Il vérifia les calculs de son ami Augustus, ce n'était pas le moment de se tromper. Il s'était entraîné maintes fois et il se sentait prêt. Cette certitude, presque une conviction, le rassura. Rien n'était possible sans la foi. Les quatre éléments étaient rassemblés. L'alignement astral était parfait. La lune et les étoiles le secondaient dans sa tâche. Un souffle à l'odeur de soufre lui effleura le nez. Le moment approchait. Il attrapa la Pierre Pourpre délicatement et ne put s'empêcher de la caresser. Tant de pouvoirs dans un si petit objet… Il fit le vide dans son esprit afin de se concentrer. Des images s'imposèrent à lui. Des choses qu'il n'avait jamais vues auparavant, comme si la Pierre Pourpre lui offrait ses souvenirs ou son avenir, comment savoir... Derrière ses paupières, il eut la vision d'une forêt luxuriante, d'un peuple qui chantait une litanie et d'une cité dorée. Cibola ! Était-ce donc possible ? Armando de La Roya avait-il réussi ? Un soleil rouge lui brûla la peau et entra dans son corps, le faisant sursauter. La chaleur puissante se propagea par tous les pores de sa peau, au plus profond de son âme et il sentit l'énergie de la pierre lui insuffler la vie. À cet instant, il se sentit devenir fort, invincible. La pierre se mit à rougeoyer et il prononça l'incantation, les bras en l'air, la voix ferme et puissante. Puis il termina par ces mots : « La mort se nourrit de la vie. »

Une sorte de liquide rouge foncé sortit de la pierre comme si cette dernière saignait, et Gregor le recueillit délicatement dans une coupe en cuivre, le plus beau des métaux. Gregor n'avait jamais aimé la perfection de l'or ni la froideur de l'argent. Le cuivre n'était pas pur, mais il avait des qualités surprenantes et il changeait au gré de ses caprices. Il était subtil et vivant. Une sensation étrange lui prit les tripes quand une lueur verdâtre apparut dans le récipient. Elle se refléta un instant dans le métal puis disparut, happée par l'énergie du fluide pourpre. C'était sans doute normal, pourtant il ne put s'empêcher d'éprouver une impression bizarre. Le sort lui avait demandé un effort surhumain. Il n'était pas vraiment un Nécromancien, et il payait le fait de vouloir se hisser à leur niveau. Gregor tomba à genou, sa peau rendue blafarde par l'épuisement, jurant contre le sol de granit. La fraîcheur de la pierre lui fit du bien. Le sortilège l'avait épuisé, pire, avait aspiré une partie de son propre fluide. Il s'assit un instant par terre pour reprendre ses forces. Il avait fini sa part du travail. Certes il tenait à peine debout, mais la première étape du sortilège était accomplie. C'était déjà presque un miracle ! Une main ferme l'aida à se remettre sur pied. Gregor regarda un instant la paume rugueuse qui lui portait assistance, une poigne dure qui lui rappela son île nourricière, celle d'Augustus Stricting.

Gregor tendit la coupe de cuivre à Augustus. Ensemble, ils se dirigèrent vers l'autel où se trouvait Marcus ; les derniers descendants des plus vieilles familles de Nécromanciens. Gregor dessina des symboles sur le torse du jeune homme endormi, en psalmodiant une litanie du bout des lèvres. Une rose était posée sur la poitrine du gisant, comme une tache de sang sur de la neige. Ils invoquèrent le maître, le priant de leur donner la force d'accomplir le sortilège de la renaissance, celui que connaît chaque aîné de leur race depuis sa naissance. Eux n'en étaient pas, mais par leur foi et leur ténacité, ils allaient accomplir un sortilège très avancé de magie rouge ; celle des Nécromanciens, la seule magie digne de ce nom.

Un souffle violent apparut et ouvrit les fenêtres aux restes de volets fermés, éteignant les cierges qui crachèrent leur dernier soupir. Le noir et le silence apportaient un caractère solennel au moment. Gregor attendit un instant, et esquissa un mouvement comme quand on émerge d'un très long sommeil. Il craqua une allumette et lorsqu'il l'approcha de la bougie, les autres se rallumèrent toutes seules.

Quand la lumière fut, elle éclaira le visage d'un jeune homme blond aux joues roses qui respirait calmement comme dans un profond sommeil que la mort n'avait jamais approché. Gregor et Augustus se regardèrent, abasourdis : Ils avaient réussi. L'âme de Marcus avait rejoint son corps en même temps que la lumière.

Augustus lui donna l'accolade. « C'est fait mon ami,

rends-toi compte ! » Il n'en revenait pas. Gregor sourit faiblement. Il tenait à peine sur ses jambes. Augustus s'en aperçut.

« Allez ! » dit-il à Gregor Mac Bain. « Le sort vous a épuisé. Laissez-moi finir seul. Ce serait un honneur. Le transfert d'énergie sera un sort facile à côté de ce que nous venons d'accomplir. » Gregor acquiesça :

« Très bien. Faisons ainsi. Merci mon ami : de votre fidélité sans faille et de votre soutien. Quant à moi, je n'oublierai pas tout ce que vous avez accompli. Sans vous, rien de cela n'aurait été possible. Prenez garde, quand même. »

Gregor lui donna l'accolade. Des souvenirs de jeunesse remontèrent à la surface : leurs baignades dans la mer glacée de leur île du Nord, les courses (Augustus avait toujours été le plus rapide des deux), les rêves de grandeur, jusqu'à ce que Gregor initie Augustus à la magie rouge. Aujourd'hui, ils avaient vieilli tous les deux, mais ils avaient accompli leur rêve : se hisser au niveau des aînés de leur famille. Augustus était issu d'une très ancienne lignée d'Ervadas mais sa famille avait abandonné la quête depuis longtemps. Quand le destin les avait réunis, Gregor avait compris que ce n'était pas le fruit du hasard. Augustus était devenu un allié précieux avec le temps, presque un frère. Plus en tout cas que le vrai, celui qu'il avait eu jadis : Rob. Celui qui s'était détourné de la voie.

Gregor jeta un dernier regard à son ami et sortit. Il ferma doucement la porte de la masure, s'appuya un instant pour reprendre son souffle et se dirigea vers les chevaux. Le reste n'était plus de son ressort.

-73-
Le Choix de Sarah.

Château de Blenhum, chambre de Sarah.

Sur les conseils de Cesare Fanelli, Eleanor avait consenti à ce que Sarah passe davantage de temps avec Giacomo, même si la fièvre ne lui laissait que peu de répit. Giacomo était inquiet, comprenant que les problèmes de Sarah n'avaient rien à voir avec la médecine traditionnelle. Chaque nuit, il revoyait le visage de Sarah, sortant de cette ombre malfaisante… Mais une force l'empêchait d'y voir clair. Tout était lié. Son approche avec Sarah fut franche et directe. Étrangement, elle ne fut pas longue à convaincre tant son état lui pesait. Ils devaient tenter l'expérience quand l'alignement des astres serait le plus favorable. Bien que l'heure ne soit pas la plus simple à justifier à l'entourage, elle accepta de le recevoir dans sa chambre.

Quand Giacomo se présenta devant la porte en catimini, il n'eut pas besoin de frapper. Une petite main blanche sortit de l'encadrement et le happa à l'intérieur avec force. Énervée, Sarah lui fit le signe d'être moins bruyant. Elle accompagna son geste de sévères remontrances :

« Surveille tes pas ! Tu fais le bruit d'un troupeau de pachydermes. Je t'ai entendu depuis l'autre bout du couloir ! »

Giacomo, gêné, tenta de se mouvoir en silence, ce qui énerva davantage Sarah :

« Arrête de faire l'idiot ! Si on te surprenait dans ma chambre, je n'ose imaginer le scandale…

– N'exagérons rien, on ne fait rien de mal !

– Rien de mal ? Mais tu es inconscient ! Mes sœurs dorment juste à côté ! Au moindre bruit, elles seront là ! Mon dieu, je crois que c'est une mauvaise idée !

– Tu sais bien que nous n'avons pas le choix. C'est pour ce soir. J'ai dit à mon père que j'observais les étoiles depuis le château, il ne se doute de rien. Je n'en ai pas pour longtemps. Tu entends ? Pas un bruit. Personne ne sait que je suis là. Tout va bien. »

Au son de cette voix rassurante, Sarah se détendit un peu.

« Alors, comment ça fonctionne ?

– Mon père garde des livres cachés dans un placard, je crois qu'ils appartenaient à ma mère Donna. » Devant l'air stupéfait de Sarah, il crut bon de s'expliquer un peu. Giacomo relata à Sarah ses diverses expériences. D'abord avec le corps d'Henry, puis avec celui des sacrifiés des marais de Sherklow. D'une voix sans émotion, il décrivit ses sensations faites de peur et d'exaltation. Le visage de Sarah, perdu dans la brume verte, lui revint en mémoire. Sa gorge se serra et il détourna le regard. La jeune fille posa instinctivement sa main sur sa jambe, et lui demanda ce qu'il n'allait pas. Giacomo se contenta de sourire, l'air triste et contrarié :

« Rien, c'est juste difficile d'en parler.

– Depuis quand sais-tu tout cela ?

– Depuis Gaverburry. C'est là-bas que tout s'est révélé. La crypte, les sacrifiés… Je me demande parfois si ce lieu est comme les autres…

– Probablement pas », répondit Sarah d'une voix douce. « Mais ce qui est certain, c'est que toi aussi tu es différent, un peu comme moi. »

Giacomo se redressa, et débuta les opérations.

« J'ai amené le livre avec moi. Le but est de vérifier si tu possèdes… une aura magique. La couleur des inscriptions que tu auras sur la peau doit nous indiquer du type d'aura dont il s'agit. La couleur ou la lumière, enfin… Je crois…

– Les inscriptions ?

– Oui. » Il sortit une plume. « Je dois écrire sur ta peau.

– C'est bizarre, j'ai l'impression d'avoir déjà vu ça quelque part…

– J'ai amené de quoi préparer l'expérience : quelques bougies, un peu de… hum… potion… C'est pour que tu t'en mettes un peu sur le torse. De la terre et de l'eau et voilà nos éléments réunis. »

Elle se racla la gorge en demandant :

« Par le torse, tu veux dire la poitrine ? »

Il hocha la tête en guise de réponse, n'osant pas croiser son regard. Au point où elle en était… Sarah se contenta de lui demander la potion. Elle ouvrit la boîte et plongea son nez dans les effluves. La potion ne sentait pas mauvais, presque un peu la rose. Giacomo plaça les bougies et sortit une plume pour écrire.

« Ce n'est pas bizarre ? »

Il plaisanta un peu pour détendre l'atmosphère :

« Je crois bien que si ! Écoute, nous sommes tous les deux à nous poser des questions, toi sur tes rêves et ta jambe, moi… sur mes capacités. Tu ne veux pas comprendre ? »

Sarah acquiesça silencieusement. Elle avait une confiance absolue en Giacomo. Sa présence avait quelque chose de chaud et de rassurant, comme un bon feu de cheminée pendant l'orage.

Elle inspira pour se donner du courage et saisit la potion. Giacomo se retourna sans qu'elle le lui demande. Alors que ses yeux scrutaient le parquet, une ombre lui fit lever la tête. Face à lui dans son champ de vision, le grand miroir de Sarah projetait le dos blanc et nu de la jeune fille. Il rougit et chercha à regarder ailleurs, mais le spectacle captivait son attention. Il ne put s'en détacher. Quand il entrevit les courbes de son corps, la pudeur prit le dessus et il détourna le regard. Il lâcha un soupir quand elle remit sa tunique.

« Ça y est, j'ai fini. Tu ne m'avais pas dit que ça collait autant. Tu peux me dire ce qu'il y a dedans ?

– Je crois qu'il ne vaut mieux pas. »

Sarah fronça les sourcils d'écœurement en regardant ses mains, tandis que Giacomo finissait les derniers préparatifs.

« Bon, tu peux t'allonger maintenant.

– Tu es certain que ce n'est pas dangereux ? Parfois les choses s'emballent et on ne peut plus rien maîtriser…

– Ne t'inquiète pas, c'est vraiment inoffensif. On devrait juste voir les écritures briller. C'est tout. »

Peu rassurée pour autant, elle s'installa sur le dos sans laisser paraître sa crainte. Giacomo prit sa plume et commença à écrire des symboles inconnus sur chacun de ses membres, en recopiant les pages de son livre. La plume la piqua un peu au départ, mais finalement Giacomo trouva la bonne position, ne laissant que la sensation de frais sur sa peau. Il se concentra afin d'empêcher à son cerveau d'imaginer la peau douce timidement dissimulée sous un voile de tissu fin. À chaque fois que la plume touchait sa peau, le corps de Sarah frémissait. Il demanda si tout allait bien et reprit en prenant garde à ne pas lui faire mal. La plume crissa sur l'épiderme et cela lui fit penser au son de la soie que l'on froisse. Quand l'encre fut sèche et Sarah totalement prête, il se mit derrière elle et saisit sa nuque à pleines mains. Elle ferma les yeux. Le contact de la peau douce de Giacomo l'apaisa. Des mains du jeune homme, irradiait une chaleur bienveillante et heureuse. Cette sensation s'installa dans tout son corps. Elle se décontracta, sentant la langueur l'envahir. Une sorte de vibration passa quand l'esprit de Giacomo pénétra en elle.

Sans comprendre comment, Giacomo se retrouva projeté dans la roseraie du parc de Blenhum en été quand les fleurs s'épanouissent. Sarah y était belle et souriante, elle cueillait un bouquet. Puis, de nouveau, il se retrouva dans la chambre de Sarah. Il observa les écritures sur la peau de la jeune femme. Comme il le supposait, elles réagissaient doucement. La couleur blanche qui en émanait était rassurante. Il sentait la magie irradier de la jeune femme tel un fleuve tranquille et apaisant. L'aura de Sarah était douce et belle. Comme elle. Mais une forme rôdait, faisant de l'ombre à cette scène idyllique. Giacomo ressentit un trouble profond, une angoisse diffuse, presque une douleur. Il se mit à murmurer les incantations qu'il avait apprises. Sarah trouva cette musique étrangement familière et apaisante. Les inscriptions se mirent à briller doucement sur sa peau claire. Giacomo, les yeux fermés, transpirait sous l'effort. Puis sa vision se dédoubla. Elle devint verte et Sarah ne ressembla plus à Sarah. Elle était inquiétante. L'image alternait très rapidement entre les deux Sarah jusqu'à ce qu'elles se superposent. Il la vit hurler de douleur et de haine. Soudain le visage de Sarah, plongé dans une brume verte, l'assaillit de nouveau et le contact se brisa. Il revint à lui dans la chambre en sueur, la nuque de Sarah dans les mains. Le contact était perdu.

De son côté, Sarah succombait à ces visions idylliques, l'esprit en paix. Les mains de Giacomo sur sa nuque lui procuraient une sensation de plénitude. Le parfum de rose qu'elle avait mis sur sa peau lui emplissait les narines et lui rappelait l'été, sa saison préférée.

Elle avait entendu dire qu'il y a des endroits où il dure plus de la moitié d'une année, comme dans les contes des mille-et-une nuits. Dans la coursive ombragée d'un de ces palais d'Orient, l'attendait l'homme qui hantait ses rêves. Elle le reconnut immédiatement : ses yeux noirs, sa tunique d'or et de soie verte, et cette petite barbe pointue qui lui donnait l'air si énigmatique... Elle le trouva beau et mystérieux, fascinant. Elle sentit son emprise entêtante, presque malsaine. Il s'adressa à elle de sa voix douce et basse :

« Je vois que tu cherches à percer les secrets de ta naissance. J'avoue que j'en suis tout aussi intrigué que toi. Qui es-tu, Sarah ?

– Je sais qui je suis », dit-elle d'un ton assuré.

« Non, tu n'en sais rien ! Cette marque de naissance peut signifier tant de choses. Moi-même, je ne parviens pas à déterminer sa signification. Mais si la fièvre te prend aujourd'hui, c'est qu'une partie de toi souhaite se révéler au grand jour. Comme moi, tu redoutes cet instant, cependant, nous n'avons plus le choix, il nous faut l'affronter.

– Pourquoi aurais-je peur de qui je suis ?

– Allons, tu le sais bien ! Laquelle des deux Sarah a mangé l'autre ? »

Sarah le fixa droit dans les yeux, avec courage. Elle refusait de continuer à avoir honte de qui elle était, ou plutôt d'avoir honte de qui elle pouvait être. Les manipulations de cet homme ne servaient qu'à lui faire accepter son instinct de prédatrice et ainsi, parvenir à l'accaparer toute entière. Elle refusait cette idée :

« Que m'importe le résultat de cette compétition morbide. Il n'y a qu'une Sarah et c'est moi ! Ce n'est pas mon sang qui me dictera mon comportement, ni même toi ! Mais qui es-tu à la fin ? Pourquoi ai-je l'impression de te connaître ?

– Parce que c'est le cas. Mon nom est Jafr Al Ser. Je suis le premier des Nécromanciens. Depuis les temps immémoriaux, mon sang coule dans les veines de mes descendants. Tu es l'un d'eux Sarah et ton refus te tue à petit feu.

– De quoi parles-tu ? » Dans son rêve Sarah hurla et se tint la cuisse. Elle saignait abondamment. « Que se passe-t-il ?

– Ce soir nous saurons laquelle des deux Sarah a survécu.

– Quoi ? Que se passe-t-il ? Bon sang… Giacomo ! » Elle se tordit de douleur, terrassée par la souffrance.

Giacomo regardait avec stupeur la couleur scintillante des écritures, devenir verte. La lumière néfaste qui s'en détachait semblait envahir tout son corps et la jambe de Sarah se mit à saigner. Désemparé, il posa la main sur son front pour l'apaiser et sentit son pouvoir happé par la jeune fille. Il tomba sous son emprise. L'aura de Sarah se dédoubla et Jafr Al Ser sentit la présence de Giacomo. Il marqua un léger mouvement de surprise.

« Ainsi tu n'es pas venue seule… Je sens ton ami, cette aura m'est familière…

– Il se nomme Giacomo, c'est un guérisseur ! Tu n'es pas le seul à être exceptionnel !

– Giacomo… » Il plissa les yeux et murmura :

« Regarde-moi Sarah, que vois-tu ? » Les yeux de Jafr Al Ser devinrent hypnotiques et la jeune fille tomba dans son regard. Soudain, Sarah eut la vision d'une montagne faite de reflets d'or. Un village, une bataille… Un carnage ! Jafr Al Ser se tenait debout, entouré de ses disciples. Elle lutta de toutes ses forces pour s'arracher à son emprise, mais malgré tous ses efforts, c'est lui qui décida du moment. Sarah, épuisée, lui dit :

« Les Nécromanciens servent le mal. Je ne te suivrai pas dans cette voie. Elle est sombre et elle me fait peur. Je préfère la lumière ! » L'homme se mit à rire, d'un rire froid, glaçant. Malgré cela, elle ne put s'empêcher de le trouver attirant.

« La lumière ! Rien que ça ! Mais tu ignores tout du chemin de la lumière ! Il ne mène qu'aux enfers ! Je vais t'apprendre l'ombre qui est la tienne quand tu chemines dans la lumière… »

Giacomo, emprisonné dans l'esprit de Sarah, se débattait en vain. La puissance de la jeune fille le surpassait. Quoi qu'il tente, il sentait Sarah prendre le dessus. Elle refusait maintenant de le laisser partir. Pris dans la tourmente, il fusionnait maintenant totalement avec la jeune fille. C'est à ce moment qu'il ressentit sa douleur et trouva l'origine de sa blessure. Comme un poison, la tache de naissance de Sarah diffusait dans son corps une aura verte. Il comprit instantanément. Son aura de guérisseur recouvra intégralement le mal jusqu'à ce qu'il disparaisse progressivement.

Sarah se trouvait maintenant devant une maison ou plutôt un moulin. Ça ressemblait à l'Angleterre mais l'endroit lui était inconnu. À l'extérieur de la bulle transparente, qu'elle savait maîtriser à présent, Sarah observait la scène. Elle reconnut l'adolescent blond qu'elle avait déjà aperçu les fois précédentes et l'homme en robe de bure noire. Un autre homme, en noir lui aussi, était là également, mais il portait un masque. Il semblait présider l'horrible cérémonie. Comme elle était un peu éloignée, elle ne reconnut pas immédiatement l'homme qui était accroché à la croix. Jafr Al Ser fit les présentations :

« Alors, ma lumineuse Sarah, reconnais-tu les protagonistes ?

– Oui, je me souviens d'eux et de celui à la robe de bure qui appelait mon oncle : Erik. Est-ce réel ?

– Oui, autant que toi. Mais je vois que tu te trompes, aussi, je vais faire les présentations. Couché sur la table et le plateau de pierre plate, c'est ton véritable oncle Marcus. L'homme à la robe de bure noire est un ami de ta mère, il se nomme Augustus Stricting. Celui attaché avec le sac sur la tête n'a pas d'intérêt dans l'immédiat. En revanche celui qui est sur la croix se nomme Abraham…

– Abraham ? Oui c'est lui ! Mais que fait-il là ? Et mon oncle ne ressemble pas à cela ! » Il y avait de la panique dans sa voix. Jafr Al Ser soupira :

« Je te montre la lumière et à la première occasion tu te réfugies dans l'ombre ! Je ne te mens pas Sarah.

– Pourquoi me dis-tu tout ça ? Tu souhaites me faire douter de tout, c'est ta façon de semer la discorde !

– Pour l'heure je n'ai pas encore décidé ce que je ferai de toi, mais je te déconseille de me menacer. » Il eut un rire de gorge, mais son regard démentait qu'il trouvait cela drôle. Sa voix se fit plus menaçante. « Trois des hommes que tu vois devraient mourir. » Elle commençait à comprendre. Une sourde angoisse s'immisça en elle. « Ou les trois pourraient s'en sortir. Une vie pour une vie. Cela dépend de toi !

– Je t'interdis de leur faire du mal !

– Oh ! Ils n'ont pas besoin de moi pour s'entre-tuer. Ton oncle Marcus, en revanche, risque d'avoir bien besoin de ton aide. Ces visions l'ont éloigné de moi, mais je serai magnanime. Ce soir je lui laisserai sa chance, mais je n'irai pas au-delà. Si tu ne l'aides pas, il risque fort de mourir. Je suis curieux de voir le sort que tu lui réserves. Tiens ? j'ai l'impression que cela s'anime… »

Elle vit, avec horreur, Augustus saisir sa lame après avoir posé un récipient, et s'approcher d'Abraham. Augustus écrivait des mots sur la peau couleur bronze à l'aide d'une plume. Sarah le regardait faire, comme hypnotisée. Elle sentait que quelque chose d'affreux se préparait, mais elle était incapable d'esquisser le moindre geste, paralysée de terreur. Puis, sans autre forme de procès, le moine trancha la gorge d'Abraham. Elle vit la lumière quitter son regard tandis que la tête de l'Indien tombait lourdement sur son torse. L'âme brillante d'Abraham se détacha de son corps et se mit à flotter dans le vide. Sarah se mit à hurler. Elle cria à Giacomo de l'aider mais celui-ci ne l'entendait pas. Elle se retourna vers Jafr Al Ser :

« Pourquoi laisses-tu faire cela ! C'est de la barbarie ! Si tu es si puissant, tu dois l'empêcher !

– C'est ta première leçon : ce qui se produit est un échange. Abraham meurt pour que Marcus vive. Vois, son âme le rejoint alors que celle de ton ami le quitte.

– Tu m'as dit que je pouvais empêcher cela ! Dis-moi comment !

– Je te l'ai dit : une vie pour une vie. À très bientôt, mon enfant. »

Le visage d'Abraham perdait ses couleurs. Le sang coulait abondement de sa gorge découpée. Il mourait. Sarah trouva cette vision insupportable et soudain, Giacomo se sentit happé et toute l'énergie de son corps se trouva drainée par la volonté de la jeune fille. Elle utilisait son pouvoir à sa place. L'âme d'Abraham restait en suspension entre la vie et la mort, hésitant devant les deux voies qui s'offraient à elle. Ignorant les effets de son action, Sarah envoya toute la force qu'elle possédait pour sauver Abraham. Une vie pour une vie, celle de Giacomo s'éteignait.

De toutes ses forces, il luttait pour se dégager de l'emprise de Sarah. Mais dépassé en force et en intensité, il ne pouvait espérer s'en sortir ainsi. Il se souvint de la fusion, comprit que sa seule chance résidait dans le fait de se laisser complètement absorber par Sarah. Soudain, elle entendit Giacomo venir lui parler. Comme si elle et lui ne formaient qu'un. Maintenant les spectres du néant l'entouraient totalement. Ils attendaient leur dû ! Giacomo se rapprocha péniblement d'elle et surgissant au milieu de la ronde, lui saisit l'épaule et la tira de toutes ses forces. Mais un marché était un marché ! Les spectres tentèrent de dévorer Giacomo et l'un d'eux eut le temps de mordre Sarah à la cheville. Elle hurla de douleur.

Giacomo se retrouva projeté au sol dans la chambre, inconscient. Sarah revint à elle, la cheville douloureuse. Reprenant doucement ses esprits, elle mit du temps à se lever. Lorsqu'elle vit Giacomo livide et inanimé, elle se jeta sur lui, le secouant pour tenter de le réanimer, mais il était si froid qu'il lui sembla que toute vie l'avait quitté. Paniquée, elle se mit à appeler à l'aide. Eleanor apparut dans la pièce. Sarah regarda sa mère et lui déclara d'une voix entrecoupée de sanglots :

« Je l'ai tué ! Oh, mon dieu, je les ai tous tués ! »

Eleanor ne mit pas longtemps à saisir la situation. Les bougies et les dessins qui dansaient sur les bras de Sarah étaient clairs. Un bruit de pas la fit sursauter. Elle imagina la réaction de Thomas s'il les voyait dans cet état… Il ne devait surtout pas savoir, pas maintenant. Elle s'approcha de la porte, attrapant au passage le tisonnier de la cheminée qu'elle dissimula. Eleanor entrebâilla la porte et glissa sa tête, serrant toujours le tisonnier avec force. Elle ne le laisserait pas tout gâché. Thomas, le regard ensommeillé, venait s'enquérir de la situation.

« C'est bon mon ami, vous pouvez vous recoucher. Je m'en occupe », le rassura-t-elle.

« Vraiment ? Êtes-vous certaine que tout va bien ?

– Oui, je vous l'assure.

– Tout de même, elle a l'air plus agitée que d'habitude. » Il se frotta les cheveux, en tout cas, ceux qui lui restaient.

« Ce sont juste des problèmes féminins…

– Ah, oui, je vois… Je peux la voir quand même ? » Eleanor crispa sa main sur le fer. Il tenta de passer la tête, mais Eleanor lui bloqua le passage et reprit en souriant :

« Bonne nuit. »

Était-ce le regard déterminé d'Eleanor ou l'instinct ? Dans un grand soupir mêlant frustration et soulagement, il répondit :

« Soit. Comme vous voudrez, ma chère. Bonne nuit. »

Thomas retourna se coucher, trop épuisé pour lutter.

Dans la chambre, Sarah tenait Giacomo, toujours inconscient. L'effort avait été si important que ses cheveux et la couleur de ses yeux étaient maintenant devenus blancs. Eleanor ferma la porte à clé et ôta la couverture du lit pour l'installer sur le sol.

« Il vit encore… Mais rien n'est joué ! Il ne peut pas mourir ici. Regarde-toi ! On dirait une sorcière et ici les sorcières sont brûlées. Ne parlons pas de celles avec un cadavre dans les bras ! Allez du nerf, ton ami n'est pas encore mort, place-le sur la couverture. »

Sarah acquiesça et les deux femmes frictionnèrent Giacomo. Le visage déterminé de sa mère avait sorti Sarah de sa torpeur. La solide constitution du jeune Italien lui permit de récupérer, il se mit à respirer lourdement. Sarah éclata de joie et le serra fort dans ses bras.

Giacomo, dont les cheveux étaient aussi blancs que du givre, s'endormit aussi sec.

« J'attends tes explications. Et j'ai tout mon temps. »

Elle désigna la clé de la porte et la mit dans sa poche. Après plusieurs hoquets, Sarah finit par dire :

« Qui est Erik Hansen ? »

Secrets de famille

Chambre de Sarah

Eleanor baissa les yeux, tentant ainsi de gagner quelques précieuses secondes. Elle savait qu'elle ne couperait pas à une explication légitime, mais au fond d'elle, elle avait espéré que cela viendrait bien plus tard. À force de repousser l'échéance, elle avait fini par se convaincre que cela n'arriverait peut-être même jamais, or ce soir la réalité imposait sa vérité. Elle savait qu'un jour sa petite Sarah deviendrait une femme. De son optimisme le plus solide, elle s'était imaginé qu'elles pourraient alors avoir une vraie discussion féminine, auréolée d'une complicité merveilleuse. Seulement voilà : l'hérédité de Sarah avait tout compromis.

Eleanor avait pensé, naïvement, que la lignée des Nécromanciens s'était éteinte. Elle se souvenait de ses grossesses faites d'espoir et d'angoisse. En fin de compte, elle n'eut que des filles et aucune jumelle. Son soulagement fut à la hauteur de sa joie et elle finit par penser que le maître de la mort ne s'intéressait plus à sa famille. Elle s'apercevait aujourd'hui qu'elle s'était leurrée.

Quand Sarah demanda qui était ce Jafr Al Ser, la réponse de sa mère lui troua le cœur : « Nous sommes ses enfants… » Elle blêmit. Ainsi, elle était bien une descendante des Nécromanciens.

Depuis plusieurs mois, sa fille faisait ces rêves affreux. Les explications manquaient, jusqu'au diagnostic de Cesare Fanelli où il évoqua des « traces de sa jumelle ». Ce soir, elle ne pouvait plus reculer. Il fallait qu'elle lui dise la vérité ou au moins, ce qu'il fallait de vérité.

Elle admira un instant la chevelure ocre de sa fille, qui dégringolait sur ses épaules frêles, rappelant les geysers de lave des îles du nord. Elle s'attarda sur sa bouche rose en cœur, mais ses yeux gris intenses la rappelèrent à l'ordre. Ils brillaient à cet instant d'une intensité douloureuse. Elle lui prit la main et chuchota en soupirant, comme on parle à un animal blessé, sachant combien ces révélations auraient de conséquences :

« Je sais que tu as des tas d'interrogations, ma chérie, mais sache que ce ne sera pas facile. Je n'ai pas réponse à tout. La famille est quelque chose de compliqué et tu apprendras bien assez tôt combien les humains sont faibles… Que désires-tu savoir ?

– Tout d'abord, qui est Erik Hansen ?

– Pour te répondre, tu dois d'abord comprendre l'histoire de notre famille. Ses peines et ses fardeaux mais surtout son héritage, ton héritage à présent. » Elle se gratta la gorge et poursuivit, le regard perdu dans des souvenirs lointains : « Je suis née en Écosse, mes parents venaient d'une très ancienne et très noble lignée : les Mac Bain. Ils étaient respectés et quand nous sommes venus au monde, Marcus et moi, je crois qu'ils ont été les plus heureux du monde. Mais mon père, en tant qu'aîné, avait hérité d'un devoir et d'un rôle particulier. Il devait transmettre et appliquer les apprentissages de rites ancestraux, une forme de magie si tu préfères. Non, ne me coupe pas ! Laisse-moi finir, j'ai peur de ne pas avoir le courage de continuer autrement… Nous sommes les descendants de Jafr Al Ser, le Nécromancien. Il pouvait faire renaître les morts, envoûter les vivants, tordre les ordonnancements. Sa quête de puissance le fit aller si loin dans la noirceur, qu'il n'en revint jamais. Les livres anciens parlent de sa quête d'absolu, il y est question de cycles à traverser. Mais un jour, on lui prédit sa mort

prochaine. Il chercha donc le salut dans les sciences oc-
cultes. En dépit des efforts de ses disciples, la prophétie
se réalisa. Il tomba terrassé par l'épée Yatstiyb. La seule
trace de son existence fut quelques os et un peu de sang.
Autrefois craint et redouté, l'oubli l'engloutit totalement.
Mais ses disciples le savaient, une prophétie annonçait
son retour prochain dans le royaume des vivants. Le
destin de Jafr Al Ser commençait à peine.

Notre quête débute à cette période. Un descendant
en particulier réclamait la possession des reliques : il se
nommait Macchab. Il tenta de convaincre les hommes
que la résurrection de Jafr Al Ser était inévitable et
qu'il fallait œuvrer à sa résurrection. Les membres de
l'assemblée raillèrent le prophète. Macchab ne relâcha
cependant pas ses efforts, et son insistance lui valut les
quolibets de ses détracteurs. Ils le surnommèrent : « le
Mendiant d'Os ». Personne n'attacha d'importance à
cet homme, mais quand la nuit fit apparaître la météorite prophétique, ils comprirent trop tard leur erreur.
Le mendiant d'os avait disparu, emportant avec lui les
reliques et la Pierre Pourpre, symbole du pouvoir des
Nécromanciens.

Les descendants de Jafr Al Ser sont bénis du don de
double vie. Nous donnons naissance à des jumeaux.
Je suis l'une d'eux. L'autre est mon frère Marcus, celui
que tu as vu dans ton rêve. Quand la disparition de la
Pierre Pourpre et des reliques fut connue dans le pays,
les représentants des autres religions décidèrent de ne
jamais laisser la possibilité à cet ennemi si redoutable
de revenir. Ils chargèrent leurs lieutenants de pourchas-
ser les derniers descendants et de les assassiner, tentant
ainsi d'empêcher la résurrection prophétique. On les
nomme : les chasseurs, ce sont les bras armés de la lutte,
leur vie est vouée à la destruction des Nécromanciens.

Sarah, ta trace sur la jambe en atteste. Tu es la dernière descendante de cet homme, le Mendiant d'Os et comme lui, tu as de terribles pouvoirs. Mais, il nous faut vivre cachés, car les chasseurs rôdent encore. C'est pourquoi nous avons changé notre nom de Macchab en Mac Bain. Voilà pourquoi, tu ne dois plus faire d'expériences avec Giacomo. Ils peuvent être partout ! C'est un chasseur qui a mis le feu au château de mes parents. Ils nous pourchasseront jusqu'à la complète extinction de notre race. » Sarah la coupa :

« Mais si nous ne faisons pas le mal ?

– Pas si vite, jeune fille, tu avais promis de me laisser finir. Mon père, Rob, avait un jumeau, mon oncle Gregor. Un soir, comme je te l'ai dit, un feu terrible ravagea le château, tuant mes parents. Mon oncle Gregor ne put les secourir, mais il parvint à nous sauver, mon frère Marcus et moi. Il nous éleva sur son domaine de l'île de Warth. Bien que n'étant pas lui-même un vrai Nécromancien, Gregor éduqua mon frère, qui était l'aîné, dans la fidèle lignée des Nécromanciens, lui enseignant les rites secrets et sacrés de notre famille afin qu'il puisse un jour ressusciter Jafr Al Ser. Sur cette île glaciale, nous étions trois enfants. Marcus, moi-même et notre ami Erik Hansen, le fils de notre nourrice. Bien que nous vivions reclus, à l'aube de nos dix-sept ans, une flèche de chasseur empoisonna le corps de mon pauvre frère adoré, le laissant pour mort. »

À ces mots, Sarah blêmit, n'osant imaginer la douleur que sa mère avait dû ressentir. Elle avait dû se sentir bien seule. Surtout si elle n'avait pas d'amis comme Giacomo. À cette pensée, elle jeta un regard attendri sur le jeune homme. Il semblait dormir paisiblement. Eleanor continua, sa voix tremblant sous le joug de ses sinistres souvenirs.

« Marcus lutta contre la mort et avec l'aide des connaissances de Gregor, initié à la doctrine, il put survivre tant bien que mal. Je dois reconnaître que Gregor travailla sans relâche pour le maintenir en vie, ce qui tenait du miracle, compte tenu du peu de pouvoirs qu'il avait, n'étant pas l'aîné. Tu as dû saisir à présent ; Marcus est le jeune homme que tu as vu dans ton rêve. J'aime mon frère et, son attachement envers moi était sincère. Les Nécromanciens ne sont pas tous mauvais. Avec le temps, les chasseurs nous ont décimés. Je n'ai jamais eu qu'un seul véritable ami, Erik Hansen, le fils de ma nourrice. Il prit la place de Marcus afin que je puisse hériter de la fortune de nos parents et conserver mon rang. Il a beaucoup sacrifié pour nous, il a toujours été un ami plus que fidèle… » Ainsi sa mère avait eu elle aussi son Giacomo… Une question taraudait Sarah :

« Mais comment Gregor a-t-il pu maintenir Marcus en vie ? » Soudain la réalité atroce s'imposa à elle.

« C'est à ça que servent ces sacrifices monstrueux ? Non, c'est impossible… Aucune vie ne mérite autant de crimes, n'est-ce pas ? » Eleanor la coupa, toujours esclave de ses pensées :

« Marcus était le dernier Nécromancien, le seul capable de ressusciter Jafr Al Ser. J'ai cru être débarrassée de ce fardeau en ayant des enfants uniques, mais tu as une jumelle, ce que j'ignorais jusqu'à peu. J'ignore ce que ça implique réellement, si ce n'est que Jafr Al Ser ne laisse pas toujours le loisir de choisir sa vie…

– Je ne l'intéresse plus. Regarde ma cuisse ! » Elle désigna sa jambe intacte.

« Tu te trompes ! Tu n'auras d'autres choix que de te soumettre. J'ai vu mon frère avoir des doutes… Et regarde où cela l'a mené !

– Maman, je refuse ce sang ! Je ne veux pas participer à ces horreurs, je ne veux pas appartenir à cette famille ! »

Les yeux de Sarah étaient remplis d'horreur. Eleanor tenta de la rassurer :

« Viens dans mes bras. Ne laisse pas le destin te tordre mais sois prudente. On n'affronte pas une tempête sans s'incliner un peu. » Cela rappela à Sarah les mots de la voyante Carmen. Soudain, Sarah dégagea sa tête et dit à sa mère :

« Maman… Je crois que Marcus, ton frère va mourir. Jafr Al Ser me l'a dit. Il m'a demandé qui je voulais sauver et quand j'ai vu qu'il égorgeait Abraham, j'ai voulu l'aider, mais je n'ai pas réussi… » Eleanor reçut un choc à ces mots mais l'inquiétude qu'elle ressentait pour sa fille balaya le reste.

« Chuttt ! Nous n'en savons encore rien…

– Je suis tellement désolée !

– Ce n'est pas de ta faute. J'ai passé ma vie à vouloir le sauver, la situation dans laquelle il se trouve aujourd'hui est le résultat de mes décisions et de ses choix. » Après un moment, Eleanor demanda, pleine d'angoisse : « Dans le rêve de tout à l'heure, y avait-il ton oncle, Erik Hansen ? »

Sarah fit un geste négatif avec la tête.

« Dieu soit loué ! » Échappa Eleanor. Sa réaction surprit Sarah.

« Tu l'aimes beaucoup, n'est-ce pas ?

– Évidemment ! Il s'est sacrifié pour moi ! »

Sarah comprit : « Tu l'aimes beaucoup plus encore que ça ! » Elle se dégagea brutalement des bras de sa mère.

« Attends, tu ne comprends pas, c'est plus compliqué que ça, tu es si jeune encore ! Un jour, tu… »

Sarah se mit à tourner en rond, déboussolée, quand

une des réflexions du Perse lui revint en mémoire :

« Je commence à comprendre ! » Elle pointa sur sa mère un doigt accusateur. « Quand je pense que je l'admirais ! Souvent la nuit, je me prenais à espérer que père ne fût pas autant accaparé par ses affaires et qu'il devienne aussi attentionné que lui ! Quelle idiote ! »

Eleanor n'avait pu retenir ses larmes. Entre deux souffles, elle parvenait à peine à murmurer quelques mots d'excuses inaudibles. Quand Sarah passa devant son miroir, elle eut un réflexe de coquetterie et s'assit. Eleanor vint se placer derrière et commença à démêler la chevelure rousse, comme pour garder un contact, comme si s'éloigner de Sarah était sans retour. Les deux femmes s'observaient dans le miroir sans se parler. Sarah comparait les traits de sa mère aux siens. Hormis ce soir, elle avait toujours été fière de lui ressembler. Eleanor était si belle. Elle avait les mêmes cheveux, le même profil, la même silhouette. Seuls ses yeux étaient différents. Son regard était plus profond, plus froid, sans doute à cause de la pâleur de son iris. Elle ne connaissait qu'une personne avec un regard aussi magnétique, un regard bleu gris : son oncle, non : Erik Hansen.

« Mon Dieu !

– Qu'y a-t-il ? » demanda sa mère, inquiète.

« Mon père n'est pas mon père... C'est donc ça notre famille ? Mensonge et trahison ? »

Eleanor s'effondra aux pieds de sa fille. Malheureusement, les larmes ne marchaient qu'avec les hommes. Au regard peu amène de Sarah, Eleanor comprit qu'il n'y aurait plus de faux semblants. Mais après tout ce qu'elle avait sacrifié, elle n'avait pas honte. Elle avait dû survivre, se marier avec Thomas, un homme gentil mais qu'elle n'aimait pas. Elle avait épousé Erik selon les rites Nécromanciens, il y a bien longtemps. C'était lui son âme sœur, elle n'y pouvait rien. Et de leur amour, était née la meilleure chose qui lui soit arrivée. Elle releva les épaules et dit avec fierté, presque avec provocation :

« Oui, tu es la fille d'Erik. »

75

L'Oiseau s'est envolé

Moulin de Silkwater.

Caché dans le recoin d'un bâtiment avec William, La Mèche avait la main dans la poche et les doigts sur ses pierres de silex qu'il manipulait comme des talismans protecteurs. Plus que le froid, la peur lui durcissait les articulations. Certes, il n'était pas un lâche mais cette aventure ressemblait de plus en plus à une cavalcade sans retour. Alors même si l'étincelle lui brûlait la peau, il frottait les pierres entre elles, s'efforçant de penser à autre chose. Seulement rien ne venait. Quand la main de William se posa sur son bras, il se rappela que la peur était une maîtresse qui devait rester silencieuse. Les yeux déterminés du vicomte lui firent sortir les doigts de sa poche, délaissant son talisman pour un instant. William avait rapidement compris la fin qui attendait Abraham s'ils n'intervenaient pas. Tous les deux attendaient en silence le signal de Finch, lequel ne se fit pas attendre. La voie était libre. Cachés par l'obscurité, ils s'élancèrent en silence. William désigna la porte de la bâtisse où était enfermé Abraham.

« Pourquoi les gardes ne sont-ils plus là ? » s'interrogea William.

« Je ne sais pas, j'ai l'impression que depuis la fin de la cérémonie, ils sont tous rassemblés autour de la maison. C'est la seule qui est éclairée. »

William releva la tête et vit la maison désignée par Finch. Il poursuivit :

« Tu es sûr de ne pas te tromper ? Ils l'auraient laissé ici sans surveillance ?

– Il semblerait.

– Ne boudons pas notre chance alors. Trouve-nous une entrée ! »

D'un bond rapide, Finch se faufila jusqu'aux caisses vides, les escalada et disparut par le toit. L'attente était insupportable. Quelques instants plus tard, il réapparut, l'air déconfit. Il répétait en murmurant : « Il n'est plus là ! Il n'est plus là ! » Le visage de William vira au blanc. La Mèche demanda :

« Comment ça : plus là ?

– Il y a bien la cage, mais elle est vide !

– Ils ont dû le déplacer quand on se mettait en position. Ce n'est vraiment pas de chance ! »

Tous les regards se détournèrent instantanément vers la seule bâtisse illuminée.

« J'ai bien peur de savoir où il est », affirma William, en sortant de son silence. « Et s'il est là-bas, ce n'est pas la même histoire. On ne passera pas discrètement. » Sa gorge se noua. Les minutes d'Abraham étaient comptées mais s'élancer au-devant des mercenaires ne servirait qu'à le rejoindre dans la tombe. Finch tenta de positiver :

« J'ai l'impression qu'ils sont moins nombreux. C'est pour ça qu'ils ont resserré le périmètre. Un des hommes-moines est partie avec un grand nombre de cavaliers.

– Attendez, je vais les compter. » La Mèche déplia la longue vue prêtée par William et tenta de voir quelque chose dans l'obscurité.

« Bon sang de bois ! Arrête de faire l'andouille ! Tu vois bien qu'on ne voit rien ! C'est la nuit !» lança Finch.

« Justement, c'est fait pour voir ! Tu n'y comprends rien !

– Enfin, t'y verras pas plus avec ça ! » L'œil collé à la

loupe, La Mèche fanfaronnait :

« Moi, je vois très bien.

– Je te dis que ce n'est pas possible ! Tu m'énerves, et puis arrête de jouer, donne-moi ça ! »

À peine l'objet arraché d'entre ses mains que Finch voulut savoir si on voyait quand même quelque chose. Alors qu'il collait son œil sur le manche, La Mèche murmura perfidement :

« Je croyais qu'on ne voyait rien… »

Pendant ce temps, le cerveau de William était en ébullition. Il se laissa tomber en position assise et se frotta les cheveux. Pour la première fois depuis longtemps, il ne savait vraiment plus quoi faire. Foncer dans le tas ou patienter ?

La Mèche, fébrile, angoissait du silence :

« C'est pas normal qu'il se passe rien ! On n'entend même pas une mouche voler… » Au même moment, un éclair zébra la nuit et un coup de tonnerre retentit. Il fit un bond d'un mètre. Le ciel se faisait de plus en plus menaçant.

« Il ne manquait plus que ça », pensa William. Il se consola en imaginant que cela couvrirait le bruit de leurs pas. Soudain, le rideau d'une des fenêtres bougea et il put observer l'intérieur avec sa longue vue. Il avait eu le temps de voir que des bougies avaient été installées dans la pièce autour d'une table où était couché quelque chose. Ou plutôt quelqu'un. Enfin, il n'était plus très sûr. Il repositionna la longue vue, mais les rideaux tirés ne laissaient plus rien passer. Soudain, la lumière qu'on devinait à travers le tissu s'éteignit. William sursauta. Un courant d'air sembla traverser la pièce, faisant bouger les rideaux noirs. La lueur fantomatique des bougies réapparut, exhibant la silhouette d'un homme à genou. William sentit une sensation désagréable lui vriller l'estomac. Il venait de comprendre.

« Bon sang, la cérémonie commence… Ils vont sacrifier Abraham !

– Quoi ?

– Il faut entrer ou il sera trop tard. » Une goutte lui tomba sur le front. La pluie arrivait.

« On n'a plus le temps ! On se sépare, essayez de les attirer sur vous, j'aurai peut-être la possibilité de m'engouffrer. À partir de maintenant, c'est chacun pour soi. Désolé, mais on n'a pas le choix. À plus tard, si Dieu le veut. »

Finch retint William par l'épaule.

« Attendez, je n'ai pas compris. C'est quoi le plan au juste ?

– Advienne que pourra ! » Et le vicomte partit dans la nuit.

La Mèche déglutit bruyamment. Finch fit une drôle de tête et tenta de le rassurer : « Ne t'inquiète pas. Tout ça, c'est déjà dans les mains de Dieu. »

La Mèche se dit que Finch avait toujours le mauvais mot au mauvais moment. Il remit la main dans sa poche et serra ses silex.

« Bon, on va faire ce qu'on peut », dit Finch. « Le mieux c'est qu'on se sépare.

– Non, non, ce n'est pas une bonne idée. Il vaut mieux rester groupés… Et cachés !

– Si on souhaite diviser leur force, on n'a pas le choix ! Viens, on va faire diversion toi par ici et moi par là ! »

Finch partit se placer sur le chemin de ronde de deux mercenaires, tandis que La Mèche se postait sur un toit, afin de fondre sur un des gardiens.

Attaché sur la croix, Abraham observait la scène qui se déroulait devant lui. Son instinct lui disait que sa dernière heure était proche et la peur avait cédé la place à la réflexion. Alors que toute sa vie, il avait fui le surnaturel, celui-ci n'avait eu de cesse de le poursuivre. Il se retrouvait là, attaché comme une brebis attendant le couteau. Il comprenait que son destin serait identique à celui des mendiants du marais de Sherklow. D'après Giacomo, l'âme des sacrifiés semblait se perdre dans le néant et ne jamais trouver le repos. Sa haine explosa et il jura de vouer sa vie à la destruction de ces démons. S'il s'en sortait… Ces hommes-là méritaient de brûler sur la croix. Devant lui, le corps de Kalam pendouillait lamentablement. Plus mort que vif, le pauvre homme gémissait de temps à autre, tandis que le sang dégoulinait. En dépit du spectacle écœurant qu'offrait l'Ottoman, Abraham ne parvenait pas à le plaindre. Il ignorait encore à quel camp ce dernier appartenait. Le meurtre de Cat, sa tentative de le délivrer, sa capture et sa torture : tout cela restait flou. Il n'avait pas encore tranché. Sa plus grande interrogation restait le jeune homme couché en face de lui. Placé dans son lit blanc, gisait un adolescent endormi. À la couleur de sa peau et la sueur de son front, on le devinait malade. Très malade. Le fait que le révérend ait réussi à traîner un tel fardeau dans sa fuite, fit frémir Abraham. Peu d'hommes pouvaient réussir pareil tour de force. Il repensa à la crypte, à la table de pierre, à Sherklow. Il comprenait maintenant le sens des massacres. Kalam et lui seraient les prochains.

Il regarda le pasteur Stricting qui poursuivait une sorte de rituel. Les éléments s'étaient déchaînés dehors. La pluie frappait sur les tuiles et les carreaux et le tonnerre grondait. Strincting mélangea au sang de la Pierre Pourpre, une mixture dont l'odeur rappela à Abraham l'antre du vieux chinois de Philadelphie. La décoction contenait sans doute un peu d'Opium. Il se jura de venir chatouiller les pieds de William une fois dans l'au-delà. Il prit le parti de tenter ce qu'il savait faire de mieux. Il utilisa sa force de titan pour rompre ses liens. Le bois de la croix commença à craquer. Les yeux exorbités, les muscles sur le point d'exploser, il faisait plier le bois. Surpris par le bruit, Augustus releva les yeux de sa coupe en cuivre, puis replongea son regard avec un geste de tête marquant l'inutilité de la tentative. Après de nombreux efforts, Abraham abdiqua, les poignets en sang. Peu après, Stricting remua une plume d'argent dans la mixture et se rapprocha du géant.

« Je t'ai bien choisi. Ta force est exceptionnelle et si ça peut te rassurer, elle vivra à travers lui. » Puis il planta la plume d'argent dans son torse et écrivit profondément. La sensation fut horrible. Une douleur sans nom irradia dans le corps d'Abraham, lui faisant perdre l'esprit. Cela ne dura pas et il se rendit compte que ses sensations étaient émoussées. Son tortionnaire se déplaça ensuite vers le jeune homme endormi, et lui inscrivit des inscriptions cabalistiques sur le torse avant de l'enduire de l'étrange mixture de la coupe. Le liquide rougeoyait ; il semblait incandescent comme de la lave en fusion. Le liquide rouge empruntait un chemin bien précis, comme le ruisseau suit le courant, songea-t-il.

Abraham avait l'impression de rêver. Il se demanda si l'Opium qu'il avait senti atténuait déjà ses sens. C'était comme si la maison avait disparu et qu'il se déplaçait dans une bulle flottant dans le ciel étoilé. Le pasteur continuait son sortilège dans une langue étrange, cela ressemblait à une musique funeste et magnifique en même temps. Dans le ciel, les étoiles semblaient se rejoindre, la fin du chemin était proche. Abraham luttait pour ne pas perdre pied avec la réalité, mais l'opium était le plus fort.

Soudain, un coup de feu retentit. Le mousquet de William venait d'éclairer la nuit. La bulle redevint opaque et les murs de la maison réapparurent. Stricting fit un effort de concentration monumental et reprit les incantations. Abraham se retrouva à nouveau projeté dans le ciel, puis Augustus leva les bras. Un rayon céleste les frappa de plein fouet. Il déposa son livre et saisit le poignard.

À l'extérieur, les combattants furent soudain aveuglés par un éclair qui vint frapper la maison d'une lumière intense. L'orage se déchaînait, traversant la nuit de multiples traits lumineux. Par réflexe, les combattants se cachèrent le visage et William en profita pour abattre un des gardes avant de placer son bras en opposition. La Mèche, lui, se débattait au sol contre un colosse qui l'étranglait. Il voulut saisir sa dague tombée non loin de lui, mais le lutteur lui fouetta la main d'un coup de pied, envoyant balader l'objet du salut. La lumière de l'éclair vint entourer le corps du géant qui protégea les yeux de La Mèche d'une ombre salvatrice. Il en profita pour asséner un coup de pied à son opposant et prit la fuite. L'obscurité renaissante aveugla de nouveau tous les protagonistes. La Mèche ne put voir la main qui lui bloqua le pied et l'envoya au sol. Le colosse blond lui bondit dessus et lui serra de nouveau le cou, lui enfonçant la glotte jusqu'aux cervicales.

Finch n'était pas plus chanceux. Il commençait à se demander quel plan avait le seigneur le concernant. Il comptait les couteaux qui lui restaient et ils n'étaient pas nombreux. Pris en chasse par deux mercenaires de la bande Galagher, il ne parvenait pas à les semer. Il avait évité quelques tirs bien sentis, mais les éclats de bois fichés dans son épaule étaient douloureux. Retranché derrière la façade d'une habitation, le souffle court, il vit les deux mercenaires se séparer pour le prendre en tenaille. Il lança une pierre pour faire diversion sur sa gauche et surgit comme un diable. Il lança vigoureusement son couteau qui vint se loger en plein dans la poitrine de son opposant, qui posa genou à terre, avant de s'effondrer. Ce fut justement le moment que choisit le second pour le surprendre de dos. Sentant la présence de son ennemi, Finch ne prit pas le temps de se retourner. Il lança son couteau, dos à la cible avec la célérité d'une mangouste. Il fit mouche. Le couteau vint se ficher dans la gorge du mercenaire qui parvint à faire feu avant de succomber. Finch se permit un sourire nostalgique et s'écroula inerte, le crane ensanglanté. La diversion avait permis à William de se rapprocher de la maison mais Ralph, comprenant la manœuvre, fit demi-tour avec ses hommes au pas de course.

Quand William finit d'abattre le dernier gardien, il enfonça la porte de la maison. Stricting était agenouillé devant le corps d'un adolescent, entouré de flammes prêtes à l'immoler. Il ne daigna même pas lever les yeux. William regarda la croix où Abraham se tenait, égorgé, le torse ensanglanté. Le pasteur pavoisait :

« Tu arrives trop tard. Nous avons gagné ! »

William n'attendit pas la suite des explications et envoya voler Augustus, d'un énorme coup de pied dans le torse. Le corps du révérend échoua au pied de Kalam toujours inanimé avec son sac sur la tête. William brandit son mousquet en direction du visage de Stricting :

« J'aurais dû me fier à mon instinct et le faire bien avant ! Traître ! Quand je pense que je t'ai laissé tourner autour de ma famille, de ma mère… tu vas me le payer ! »

À l'aide des meubles, William se barricada à l'intérieur de la maison. Il remarqua que dehors, la pluie avait cessé.

« Bien… Nous voici donc tous pris au piège. Puis-je savoir comment vous comptez vous en sortir maintenant ? » interrogea Stricting, toujours plein d'arrogance.

William perdit son sang-froid. Il colla son mousquet sur le crâne du révérend :

« Si le diable te le demande… » Alors que son doigt allait presser la gâchette, Augustus implora :

« Attendez ! Vous ne voulez pas connaître toute l'histoire ? Vous ne voulez pas savoir qui a tué votre père ? Je n'ai pas agi seul…

– Je sais que l'assassin de mon père est au bout de mon mousquet, et vu ton ardoise, je ne redoute pas de commettre une erreur judiciaire… Tu as brûlé mon château, tué des camarades, égorgé mon ami. Quoique tu m'apprennes, rien ne sauvera ta peau répugnante.

– Tu as tort, ne sens-tu pas que tout t'échappe ? Depuis le départ ? Tu es loin d'imaginer ce qui se passe, je pourrais t'expliquer. Mais pour ça, tu dois promettre de me laisser partir. Ton ami est mort, tu ne le ramèneras pas. Moi seul connais la vérité ! »

William baissa son arme et s'approcha d'Abraham. La rage irradiait son corps. D'un geste doux, il lui ferma les yeux en le saluant. Lorsque sa main quitta les paupières du géant, il crut sentir un souffle. Incroyable ! Il n'était pas encore mort ! Il se retourna vers Stricting :

« Si tu le soignes nous verrons !

– Le soigner, mai c'est impossible ?

– Dépêche-toi ! »

Malgré la surprise, Stricting obtempéra. Il passa un bandage tout autour de son cou et pansa les plaies du géant. Abraham vivait encore, mais pour combien de temps ? William indiqua à Augustus de s'asseoir sur sa chaise.

« Maintenant parle-moi de tes complices ! Qui sont-ils ?

– Nous sommes innombrables. Tu n'as aucune chance face à nous.

– Cette vision ne rejoint pas la réalité. Il me semble que tu te tiens du mauvais côté du canon, pour me menacer. »

Soudain une voix gutturale s'éleva. William sursauta et tourna la tête pour voir qui parlait.

« Mon cher Augustus, vous êtes quelqu'un de très capable, mais pourquoi faut-il que vous gâchiez toujours tout ? À force d'endosser des costumes trop grands pour vous, vous vous noyez dedans. Non satisfait de vendre père et mère pour votre vie, vous vous fourvoyez sur cet homme attaché sur la croix. Votre incompétence n'a donc pas de limites ? » Un homme s'approcha d'eux. Il était jeune, blond et très beau. Le véritable Marcus se déplaça vers la croix d'Abraham comme si la vie ne l'avait jamais quitté. Augustus tomba à genou devant le miraculé. Marcus se figea et toucha Abraham.

« La mort n'est pas satisfaite. Elle réclame son dû. Pourtant mon ami, vous savez bien qu'on ne peut la flouer. »

76

Un réveil difficile

Moulin de Silkwater.

Stricting était tombé à genou, dans la position du pénitent. Ils avaient réussi. Le dernier Nécromancien avait retrouvé la vie et bientôt ce serait le tour du Maître suprême. Le temps des Nécromanciens renaissait et, avec lui, son avènement. Bientôt, il pourrait écraser ces insectes qui l'importunaient, à commencer par ce vicomte Tadwick de malheur.

William, à tort, ne se sentit pas menacé par le jeune homme qui se réveillait. Malgré sa connaissance du pouvoir des reliques, il n'avait pas encore saisi la portée des évènements qui se produisaient. Moqueur, il demanda à Stricting ce qu'il faisait ainsi, recroquevillé :

« Je plie devant notre maître à tous ! Gloire à Jafr Al Ser, premier des Nécromanciens !

– Ainsi tu es un sorcier ? » demanda William au jeune homme, dont le regard flamboyait sous le front blond. « D'où tiens-tu ce nom de Jafr Al Ser ? Es-tu un oriental ?

– Jafr Al Ser n'est pas mon nom mais celui de notre maître. Et sache également, que la sorcellerie est un mot inventé pour effrayer les faibles. Ce que tu admires est de la science, et la plus belle, celle qui ramène d'entre les morts. De la nécromancie pour être exact. Augustus, veuillez pardonner la dureté de mes propos, mais vous voir ramper devant cet homme m'était insupportable. Mon réveil fut moins brutal que je ne l'aurais craint. Votre feu a su chasser l'emprise du froid sur mon corps. » Il fit un rapide tour d'horizon. « Mais, je ne pensais pas vous trouver seul. Où est ma sœur ? Et

Gregor ? » Stricting s'écrasa au sol aussi bas qu'il le put. Il prit une voix pompeuse pour dire :

« Veuillez m'excuser. Les choses ne se sont pas passées comme nous l'imaginions. Ils ne devraient cependant plus tarder.

– Très bien, tâchons de les accueillir comme il se doit. Je suis ravi de revenir de là d'où je viens. Les méandres ne sont pas très confortables pour nous autres. Combien de temps ai-je dormi ?

– Vingt-deux ans.

– Vingt-deux ans ! Enfin, c'est toujours moins que l'éternité ! » Il se tourna vers Abraham. « Cet homme fut un bien agréable repas. Sachez qu'à présent, vous êtes libéré de mes besoins nutritifs. Je sais quelle a été votre rôle et je ne l'oublierai pas. »

Les yeux de Stricting brillèrent de joie. Le jeune homme ne semblait pas prêter attention à William. Prenant conscience de la situation, ce dernier luttait contre une peur primaire qui lui tordait le ventre. D'abord les reliques, maintenant ça… Il avait l'impression de devenir fou. C'était donc pour cela tous ces sacrifices ? Pour sauver une seule et unique existence ? La guerre ne l'avait pas habitué à cela ! Ce jeune homme devait être très spécial mais en quoi ? En plus, il lui rappelait étrangement quelqu'un… Et bon sang, que voulait dire 'Nécromancien' ? Soudain son regard se figea sur son mousquet et il se demanda s'il était aussi utile qu'il l'espérait.

Le jeune homme se déplaça dans la pièce sans prendre garde à William. Peu à peu, il sentait la vie reprendre possession de son corps. Chaque sensation générait bien-être et surprise. Le parfum de la pluie et l'humidité de l'air, toutes ces sensations lui avaient manqué. Être roi d'une éternité dans les limbes n'apportait pas autant que quelques secondes dans cette maison délabrée. Il bougea ses doigts, presque surpris de les voir obéir et respira de nouveau à plein poumon. Que cela faisait du bien ! Même s'il savait que chaque vie terrestre n'était qu'une parenthèse, il en savourait la moindre bouffée. Il comprit immédiatement qu'il ne serait pas simple d'en profiter longtemps, car le service que Jafr Al Ser lui demanderait serait, à n'en pas douter, à la hauteur du présent qu'il venait de lui faire. Qu'importe ! Quoi qu'il advienne, il se jura de bien le servir. La leçon avait été rude. Quand il vit la Pierre Pourpre, il ne put résister. Dans ses mains, elle se mit à irradier comme de la lave en fusion. La pierre, symbole du pouvoir des Nécromanciens, reconnaissait son maître. Marcus la plaça devant ses yeux :

« Ainsi vous l'avez retrouvée, c'est incroyable ! J'imagine que ma chère sœur n'est pas étrangère à tout cela ! Je savais qu'elle ne m'abandonnerait pas. Merci, Augustus, d'avoir pris soin de moi.

– Désolé d'interrompre vos roucoulades, mais la politesse impose des présentations… »

Marcus, imperturbable, se retourna nonchalamment vers William :

« Monsieur le vicomte William Tadwick, j'imagine ? Et là-bas, c'est votre ami, Abraham ? Quel drôle de nom ! Mais son cœur est bon et ses bras sont vaillants. » Puis comme s'il pensait à haute voix, il se rapprocha du géant. « Pour lui, des gens puissants ont privé la mort de son repas. Elle est en colère. Elle cherche un responsable, elle veut son dû. Le fait que votre ami soit encore en vie prouve que les choses ne sont plus telles qu'elles devraient être. Dans le néant, Jafr Al Ser lui-même s'interroge. » Il tâta Abraham comme on le fait d'une bête. Ensuite il fit briller la Pierre Pourpre sur le torse du sacrifié qui récupéra instantanément des couleurs.

« J'imagine que te voilà satisfait ? »

Marcus recula, tandis que William s'approchait de son ami. Il constata que sa respiration était plus aisée et que sa blessure semblait refermée. Marcus n'avait pas menti. William lui demanda d'un ton sec :

« Pourquoi l'avoir aidé ?

– Ce n'est peut-être pas lui que j'aide en agissant ainsi… Tiens, nous avons de la visite ! »

Ralph et ses comparses, arrivés depuis peu devant la maisonnette, avait entrepris de défoncer la porte. Elle commençait à céder sous les coups de bélier. William bloqua les meubles de son dos. Il menaça Stricting.

« Demandez-leur de s'arrêter ! »

Augustus regarda Marcus qui acquiesça. Le révérend hurla aussi fort que ses côtes lui permirent :

« C'est bon Ralph, restez tranquille ! Tout va bien ! »

À l'extérieur, une voix inquiète demanda confirmation, ce que fit Augustus. Le bruit cessa mais les mercenaires restèrent devant la porte, attendant les ordres. Serein, Marcus s'installa sur une chaise et demanda à William :

« Et maintenant qu'ils sont sages, peut-être souhaiteriez-vous un carrosse pour votre fuite ? À supposer que vous ayez un plan. »

Le vicomte ne goûta pas la plaisanterie. Mais le jeune homme n'avait pas tort, William devait réfléchir à sa sortie. Le soulagement qu'il avait ressenti pour Abraham ne fut que de courte durée. Maintenant William tentait d'évaluer ses options et la liste n'était pas longue. La remarque de Marcus était bonne, comment allait-il sortir de ce bourbier ? Il décida de laisser le jeune Marcus mener la danse :

« Mon nom de Nécromancien est Al Bark Semi, cela

signifie : celui qui voit. Si je t'ai donné ce que tu voulais, c'est parce que j'attends quelque chose de toi en retour.

– Et que pourrais-je offrir à un jeune adolescent aussi sûr de lui ? » Marcus sourit d'un air hautain.

« Ne te fie pas à mon aspect, mon esprit est bien plus âgé que le tien. Ce que je désire est simple, et ma proposition est magnanime. Je suis prêt à te laisser la vie sauve contre les reliques. »

Ainsi tout ramenait toujours à cela. Les reliques ! Que ce soit les égorgés, la pierre magique, les Nécromanciens ou bien la mort de son père, tout ramenait à elles. William voulut en savoir davantage et tenta de lui soustraire des informations :

« Imaginons que je sois d'accord, qu'en ferais-tu ?

– Les reliques et la Pierre Pourpre sont le symbole du pouvoir des descendants de Jafr Al Ser. Une de ses prophéties annonce sa résurrection prochaine. Pour cela les reliques sont indispensables. Quand la météorite prophétique sera retrouvée, Jafr Al Ser renaîtra. Notre mission prendra fin à son avènement. »

William fronça les sourcils. La météorite… Il repensa au symbole du livre de Bartolomeo Diaz. Ainsi la légende des cités d'or et de Cibola rejoignait la quête des Nécromanciens… À moins que tout ceci ne fût finalement qu'une même légende. Le rapport avec le Nouveau Monde était établi. Le plan des Nécromanciens était simple : s'emparer des reliques et les porter dans le Nouveau Monde pour faire renaître ce Jafr Al Ser. À voir de quoi étaient capables ses disciples, il n'était pas question de les laisser faire ! Il demanda :

« Mais qui est ce Jafr Al Ser que vous dites premier des Nécromanciens ? Est-ce un dieu ? » Marcus dévisagea William comme si celui-ci était le dernier des dégénérés.

« Il est celui appelé à régner sur la vie et la mort. Aucun monde n'échappera à sa domination.

– Tu parles d'un monde régi par toute cette barbarie ? » Il désigna la table et les croix. « Ton maître est le démon. S'il s'octroie les pouvoirs d'un dieu, il ne sert que ses intérêts ! Je ne suis pas fait pour ramper devant les sorciers. Je ferai tout ce qui est en mon pouvoir (aussi ridicule fut-il, pensa-t-il) pour empêcher cela. Si les reliques servent à cela, alors je les détruirai !

– Détruire les reliques ! » intervint Augustus Stricting, en criant. « Vous êtes bien le fils de votre père ! Il n'avait que ce mot à la bouche ! Vous ignorez de quoi il retourne. Ignorez-vous donc que c'est impossible ? Faites-les disparaître si le cœur vous en dit, mais sachez que tôt ou tard, elles ressurgiront. La quête des Nécromanciens ne s'éteindra jamais. »

Sans raison, Marcus poussa un cri et se tordit de douleur. Augustus blêmit et lui demanda ce qui se passait. Le Nécromancien frotta la pierre de sa main et sa lueur lui rendit un peu de santé :

« Je ne sais pas, c'est étrange, je me suis senti affaibli, comme attaqué de l'intérieur. Êtes-vous certain que le sortilège est complet ?

– Complet ? » Augustus blêmit. « À vrai dire maître, c'est Gregor qui l'a exécuté…

– Je me sens étrangement fatigué. » La souffrance l'avait rendu moins patient et il sentit qu'il était urgent d'en finir. « Monsieur le vicomte, je n'ai plus de temps à perdre. J'attends votre réponse.

– Je crois que ce n'est pas à vous de donner des ordres. » Il le pointa de son arme. « Pour commencer, vous allez libérer Abraham, ensuite… »

Marcus toucha la pierre et un éclair de lumière jaillit, envoyant William au travers des volets. Il atterrit au beau milieu de la troupe des mercenaires, qui en furent tout aussi surpris que lui. William n'avait rien vu venir. Le choc avait été rapide et puissant. Il reprit rapidement ses esprits et détala, avant que quiconque ait eu le temps de réagir. Ralph hésitant encore, le laissa s'enfuir. Il jeta un œil à l'intérieur et vit Marcus en proie à de violentes convulsions. Un sang noir s'écoulait de sa bouche. Inquiet, Augustus recueillit la vomissure dans une écuelle et hurla aux soldats, encore médusés, de régler le compte de William Tadwick. Ils se dispersèrent immédiatement à sa poursuite.

Marcus toucha de nouveau la Pierre Pourpre et, sa puissance lui restitua force et santé. Il ne comprenait pas pourquoi il ressentait cette douleur. Était-ce la mort qui, avide de son tribut, se vengeait sur lui ? La douleur se faisait de plus en plus présente et seul le pouvoir de la Pierre Pourpre lui permettait de se tenir debout.

À quelques dizaines de mètres de là, Finch, allongé sur le sol, reprenait conscience. La balle lui avait arraché le cuir chevelu, mais son crane trop épais avait fait ricocher la balle. Finalement le sergent instructeur avait peut-être raison, il n'y avait pas moyen de ficher quoi que ce soit dans le crane de ce bougre d'andouille, pas même du plomb ! Prenant doucement conscience qu'il était encore vivant, ses premiers mots furent pour la vierge Marie et tous les saints qu'il connaissait. Se relevant avec peine, le pas peu assuré, il se mit en recherche de son ami La Mèche. Sans hâte, il parcourut le champ de bataille déserté par les mercenaires qui encerclaient tous la maison.

Quand il reconnut les vêtements de son ami dépassant de la masse inerte d'un colosse, son cœur se brisa. Après Cat, La Mèche, c'en était trop ! Il accourut à ses pieds et entreprit de le dégager. À bout de force, il parvint à l'extirper du molosse et découvrit avec stupéfaction que son ami respirait encore. La Mèche, sitôt dégagé, inspira avidement l'air qui lui faisait défaut quelques instants plus tôt. Finch poussa un soupir de soulagement. Il n'en croyait pas ses yeux, son ami avait tué un géant !

La gorge encore écrasée, La Mèche qui ne pouvait parler se contentait de hocher la tête.

« Bon Dieu ! Mais comment t'as fait ? »

Les sons qui sortaient de sa gorge étaient incompréhensibles. Il mimait un combat d'une extrême violence. Puis, sa main fit mine de planter un poignard, encore et encore. Finch observa le géant et vit les silex enfoncés dans ses orbites. Il regarda son ami et lui dit :

« Ben, t'avais raison. Ils t'ont porté chance ! Mais la prochaine fois, prends-en de plus gros ! »

La Mèche termina le bandage du crâne de Finch par un nœud à la serviette. Finch plaça un chapeau sur sa tête et fit tenir le tout avec un morceau de corde. Il afficha un sourire satisfait à son ami qui partageait son point de vue. Soudain, La Mèche, toujours muet, pointa son doigt dans l'obscurité, en glapissant sporadiquement une succession de sons incompréhensibles. Finch finit par apercevoir une ombre se déplacer rapidement :

« Sacrebleu ! Mais c'est le vicomte qui galope. Allez debout ! Il va avoir besoin de nous ! »

La flamme, qui jaillit d'un mousquet du vicomte, lui prouva qu'il avait raison. Un des mercenaires tomba foudroyé par la balle. Ralph et ses acolytes se mirent à couvert. William, tapi derrière un parapet, rechargea prestement craignant un encerclement. C'est à ce moment que défiant toute logique, il entendit derrière lui :

« Tirez pas mon commandant, c'est nous. »

Il se retourna brusquement et vit Finch, rejoint par La Mèche, venir se coller contre le parapet. La stupidité de cet acte le fit bondir :

« Mais qu'est-ce que vous faites ?

– On vient vous aider pardi !

– Mais vous vous foutez de moi ! Pourquoi vous ne les avez pas pris à revers ? »

Devant les regards fuyants, William s'aperçut qu'ils n'avaient pas compris un traître mot de ce qu'il venait de dire. Il se calma :

« Bon, Abraham est sauvé pour l'instant et il serait judicieux qu'ils l'oublient. Ils ont un sorcier avec eux, enfin un Nécromancien. Il ne reste plus qu'à récupérer Abraham et se carapater vite fait !

– Reste plus… c'est marrant ça… » dit Finch.

« Qu'est-ce qu'il y a de drôle là-dedans ? » demanda le vicomte, excédé.

« Non, marrant c'est histoire de dire, mais on dirait exactement le même plan que tout à l'heure ! T'entends La Mèche, nous qui pensions avoir tout raté ! Finalement la situation n'a pas beaucoup avancé ! » William resta bouche bée devant tant d'aplomb. Il finit par ne plus l'écouter et lui dit :

« En attendant, j'ai une mission pour toi ! »

77

Le Chasseur et le rat

Moulin de Silkwater.

Dans la maison, Augustus réfléchissait. Les tests effectués sur le sang restaient inexplicables. Il ne comprenait pas l'affliction dont souffrait Marcus. Le Nécromancien indiqua son désir de quitter cet endroit au plus vite. Gregor saurait sans doute expliquer ce mal qui le dévorait de l'intérieur.

Augustus observa la sortie pour évaluer les risques quand une balle de mousquet vint se loger dans l'encadrement de la porte. Sous l'effet de la douleur, Marcus perdit son sang-froid :

« Encore ce maudit Tadwick. Je vais lui apprendre ! »

Il toucha la Pierre Pourpre et une lumière verte envahit la pièce. Il sortit de la maison, entouré d'un halo ténébreux et psalmodia une incantation. La terre se mit à trembler, le corps entier de Marcus devint incandescent. Il implorait l'aide des morts. Un nuage maudit, sortant du monde de l'ombre et de l'oubli, apparut. La Mort desserra son emprise et libéra les esprits des morts, qui se rependirent dans la brume. Comme un nuage évanescent, les spectres entouraient Marcus et susurraient à son oreille comme autant de ministres. Rien ne pouvait tromper leur regard qui perçait la matière. Mais la Mort, toujours perfide, profita de l'occasion pour tenter de reprendre ce qu'on lui avait promis. Un des spectres se déroba de l'emprise de Marcus.

Quand Ralph et les autres mercenaires aperçurent la scène fantomatique, ils jugèrent plus opportun de se replier et s'enfuirent immédiatement. Mais ils n'en eurent pas le temps et le surnaturel les terrassa plus sûrement que William ne l'aurait fait. Le hameau du moulin se vida de ses occupants.

Un spectre chuchota à l'oreille de Marcus et le Nécromancien regarda dans la direction de William. Une lumière verte, semblable à la foudre, prit naissance dans ses mains. William et La Mèche redoutant le pire, tentèrent de fuir. Mais nul homme ne trompe les esprits. Marcus déclencha alors un tir semblable à celui d'une dizaine de canons, transformant en cratère la cachette de William. Lui et La Mèche parvinrent de justesse à s'en échapper.

« Il a bien failli nous rôtir ! » lança La Mèche, surpris de retrouver sa voix.

« Oui... si ça continue, on va y passer !

– Attention ! Vous brûlez !

– Bon sang ! » dit William en tapotant ses vêtements. « C'est mon manteau qui a pris feu. Mince ! Il nous a vus ! Fuyons ! »

La deuxième explosion tomba si près, qu'elle les projeta en l'air avant d'échoir à travers le toit d'une maison. Incrédules d'être encore en vie, ils prirent quelques instants pour récupérer.

« Il faut qu'on fasse quelque chose ! Comment fait-il pour nous trouver quoi qu'on fasse ? » dit William, en se relevant des gravats.

« Vous avez une idée ?

– Non... mais je ne crois pas qu'il puisse continuer ainsi bien longtemps, il nous faut tenir jusqu'à l'accalmie !

– Et c'est pour bientôt d'après vous ? »

William regarda par la fenêtre et s'aperçut que la boule verte avait encore grandi.

« Je te ferai signe, en tout cas ce n'est pas maintenant !

Il faut qu'on coure, tout va sauter ! »

Le coup puissant réduisit la bâtisse en cendres. Mais Marcus, épuisé, ne bougeait plus. William tenta de mettre le répit à profit.

La dernière malle fermée, le révérend pressé avait oublié Kalam. Ce dernier avait repris connaissance depuis bien longtemps et feignait l'inconscience. La tête sous un sac, il se concentrait sur les bruits et ses sensations. Il savait que Stricting était seul et il attendait le bon moment pour agir. Quand il le sentit à portée… D'un geste rapide, il passa les jambes autour du cou du révérend et entreprit de lui briser la nuque. Par réflexe, le pasteur plaça son bras entre les cuisses de l'assaillant.

L'attaque éclair se transforma en lutte. Comme un serpent, Kalam se servait de la force de ses jambes pour asphyxier doucement son adversaire. La force et l'impressionnante masse d'Augustus lui permirent de se déplacer assez pour détacher le nœud qui maintenait Kalam en suspension. Ils s'affalèrent de concert et Kalam fut contraint de desserrer sa prise. Stricting en profita pour lui décocher un coup de poing d'une violence inouïe qui envoya Kalam sur les roses. Sa tentative avait échoué. Stricting retourna à ses affaires et dégaina son sabre :

« Il me semble que vous auriez mieux fait de rester inerte ! »

Effectuant de larges moulinets, Stricting faisait reculer Kalam qui, les mains attachées, ne pouvaient riposter. Malgré les efforts qu'il déployait, il savait que le moment fatidique où le sabre trouverait son chemin se rapprochait inexorablement. D'un mouvement des bras, le chasseur enroula la corde autour de ses mains et s'en servit comme d'un bouclier mais les muscles puissants de Stricting l'acculèrent, dos au mur. Il comprit qu'il ne gagnerait pas. C'est le moment où Finch, envoyé par William pour sauver Abraham, décida d'apparaître dans l'encadrement de la porte. Armé du tromblon de Duncan, son chapeau fiché sur la tête, il déclara d'un ton théâtral :

« Sur ordre du vicomte Tadwick, je vous mets aux arrêts de rigueur ! » Stricting, saisi de stupeur, bloqua son geste et abaissa doucement son sabre. Une phrase même insensée fait toujours son effet quand elle est accompagnée de la menace d'un canon. Kalam, ravi de l'interruption, s'apprêta à riposter mais Finch ne comprenant rien à la situation, le menaça à son tour. À ses yeux la théorie de la mutinerie prenait forme :

« Personne ne bouge ! Pas même les mutins !

– Je ne suis pas un mutin » expliqua Kalam. « Cet homme est le Diable ! C'est lui que vous combattez !

– Tututut… Ne crois pas m'embrouiller aussi facilement, l'ami ! Figure-toi que je travaille pour un type autrement plus malin que toi ! Allez, fais-moi un peu voir tes petites mimines !

– Tu commets une lourde erreur !

– Je t'explique, je suis soldat et j'ai des ordres ! Alors si tu ne veux pas finir avec une escalope entre les oreilles… Ou plutôt avec un trou entre les escalopes, sois bien sage ! »

Profitant de l'intermède, Stricting jeta une lampe à huile au visage de Finch. Elle se brisa contre le mur sans atteindre sa cible mais permit à Augustus de disparaître. Ce n'était qu'une diversion. Kalam enragea.

« Tu n'es qu'un idiot ! Regarde, il s'enfuit ! Il faut le rattraper ! »

Le visage de Finch se décomposa. Son instinct lui criait qu'il faisait effectivement une erreur. Pourtant les ordres étaient les ordres… Kalam parla d'un ton volontairement posé. Il tenta de convaincre Finch.

« Soldat. Qui est l'ennemi, moi ou maudit pasteur ? Alors, laisse-moi le retrouver avant qu'il ne soit trop tard. »

Alors que la lampe mettait le feu au bâtiment, Finch avisait l'homme qui lui parlait. Il cherchait à percer le vrai du faux dans cette histoire. Soudain, leurs pieds tremblèrent sous l'effet des explosions lancées par Marcus. Finch comprit que le Nécromancien était à l'œuvre et que William se trouvait en fâcheuse posture. Il n'avait plus le choix :

« Bien, je te laisse. Je vais sortir Abraham de la fournaise. Mais toi, tu ferais mieux d'aller combattre le sorcier ! Il semble bien plus redoutable que ton bonhomme !

– Sans ma broche, je ne peux rien ! Je dois la récupérer ! »

Le chasseur savait pertinemment que sans Yatstiyb, le talisman des chasseurs, toutes ses tentatives seraient vouées à l'échec. Il fallait retrouver Stricting d'urgence. Kalam disparut dans la nuit, laissant Finch seul face à l'incendie.

Tandis que la maison brûlait, Finch détacha Abraham sans ménagement. Il ne parvint pas à contenir sa chute et se retrouva coincé sous le géant. Il était lourd comme du plomb. Après deux tentatives de dégagement et un appel à l'aide aussi ridicule qu'inefficace, un cri d'injure retentit dans la nuit. Finch maudissait tous les dieux ayant jamais existé. Quand il finit par se calmer, il força sur ses biceps à s'en faire exploser les veines. Ainsi, il réussit à bouger Abraham d'un centimètre ou deux. Lorsqu'une poutre tomba à quelques mètres de lui, il redoubla d'effort et augmenta la cadence de ses tentatives. En guise de prière, une myriade d'insultes défilait devant ses yeux. « Je me vengerai… Je ne sais pas de qui ni comment, mais je jure que si je meurs, je me vengerai ! »

Kalam rattrapa Augustus devant le silo à grain. Le combat s'engagea mais cette fois-ci, Kalam était libre de ses mouvements. Aussi véloce qu'un chat, il rivalisait sans difficulté contre le bras armé du révérend. Augustus décida de prendre de la hauteur et sauta sur l'échelle. Il gravit d'un bond les étages de la tour. Kalam tenta de la rejoindre en escaladant les poutres mais le vieil homme anticipa sa manœuvre et armé d'une lourde chaîne, il enserra la gorge de Kalam. Les deux pieds décollés du sol, Kalam agonisait. Dans un ultime effort, il parvint à arracher une planche de la cloison et frappa le torse de son adversaire avec l'énergie du désespoir. Le clou qui dépassait fit hurler Stricting qui relâcha sa prise. Kalam tomba sur le sol, inconscient. Il ne sentit pas la déferlante de coups de pied s'abattre sur lui. Stricting le matraquait de toute son énergie. Sa blessure au torse lui fit toutefois préférer la fuite à la vengeance. A peine s'était-il rapproché de l'échelle qu'il entendit un bourdonnement. Une sorte de tourbillon, fait de vapeurs noires, enveloppa le corps du pasteur.

À son insu, Sarah avait rompu le pacte conclu entre Augustus et la Mort. Flouée, cette dernière venait tourmenter son malheureux intermédiaire. Une vie pour une vie, il en avait toujours été ainsi. Les Nécromanciens pouvaient se servir d'elle, mais elle avait ses conditions. Ce soir, la Mort comptait bien faire respecter la règle car nul ne change impunément l'ordre des choses. Son murmure réussit à atteindre le creux de l'oreille d'Augustus. Il s'immobilisa terrassé de joie et d'angoisse. Invisible à son regard, Stricting avait cru entendre la voix de Jafr Al Ser, son maître. Il en fut si troublé que le temps sembla s'arrêter. Après l'ordre et les hommes, le maître lui-même rendait hommage à son courage ! Il se mit à genou et pria pour le remercier de cette attention, pensant s'adresser au Maître.

Quand la Mort réclama son dû, il tomba au sol comme un boxeur sonné par un coup trop puissant. « Une vie pour une vie ? » Mais de quoi parlait-elle ? Fallait-il qu'il donne la sienne pour Marcus ? Du fond de son malaise, il osa plaider sa cause auprès de son maître et rappela qu'il avait toujours été un bon serviteur. Mais la Mort inflexible exigeait une vie, la balance de l'univers demandait du sang. Stupéfait, il pensa que Jafr Al Ser le punissait de sa médiocrité. Il se mit à implorer pour son salut avec une ferveur fanatique, les yeux affolés. Quand il releva la tête, il n'eut pas le temps d'esquiver le coup de Kalam qui le projeta hors de la plateforme. La chute fut brève et mortelle.

La Mort avait récupéré son dû. L'ironie de la situation avait échappé au pasteur : la vie d'Abraham avait été payée par la sienne.

Ainsi s'acheva le parcours d'Augustus Stricting, pasteur et serviteur de Nécromanciens. « Ce vieux fou était vraiment un coriace ! » songea Kalam. Il avait bien failli avoir sa peau. Il redescendit et fouilla le corps de l'Ervadas. Il récupéra sa broche. Serrant Yatstiyb, l'épée des chasseurs, dans sa main, il se dit que tout n'était peut-être pas encore perdu. Il savait son plan risqué mais, avait-il vraiment le choix ?

Les Funérailles d'Abraham

Moulin de Silkwater

Parfois, les astres se rebellaient et la chance vous abandonnait. Dans ces moments, aucune prière, aucun sacrifice ne pouvait faire infléchir cette cruelle réalité. La sentence prononcée par cet invisible jury au cœur de pierre était scellée et sans appel. Après la révolte et la déprime, venaient l'acceptation et la résignation. Marcus, plié par la douleur, en faisait la cruelle découverte. Il se débattait avec courage mais rien n'y faisait, son corps le lâchait. Cependant à la différence des hommes, lui connaissait le jury et comptait bien le lui rappeler. Il allait faire valoir son pouvoir sur la vie et la mort. Cela ne se passerait pas ainsi !

Il établit le constat qu'un poison se diffusait dans ses veines, détruisant inexorablement ses organes un à un. Depuis la tombe, Abdülhamid souriait. Il avait empoisonné la Pierre Pourpre. Son sacrifice avait rendu l'opération crédible. L'intellect sur-développé de Marcus le comprenait parfaitement. S'il n'agissait pas rapidement, ce serait la fin. Ses crampes abdominales intolérables l'empêchaient de contrôler proprement l'énergie de la Pierre Pourpre. La douleur le rendait fou. Des éclairs jaillissaient et embarquaient des pans entiers de bâtiment. Il puisa de nouveau sa vie dans la pierre et parvint à se concentrer un instant.

Il en appela aux esprits. Ceux-ci se rassemblèrent autour de lui afin de prodiguer leurs conseils. Parvenant à analyser un millier de messes basses en quelques secondes, la réponse surgit dans son esprit et son visage s'illumina. Si son corps le trahissait, alors il ferait sans ! Grace à la Pierre Pourpre, il demeurait invulnérable.

La voix gutturale de Marcus emplit la nuit de Silkwater et son âme devint plus noire que le néant. Marcus invoqua les ténèbres, semant autour de lui la terreur et la destruction.

À la faveur de la crise de Marcus, Kalam parvint à se rapprocher, aussi habile qu'un chat. Le Nécromancien, tout à son incantation, ne remarqua pas la menace qui s'approchait de lui furtivement. Le chasseur observa sa proie enfin accessible. Le sabre de Stricting dans les mains, Kalam calculait sa trajectoire. Il hésitait encore à le pourfendre, ne sachant trop si l'énergie de la pierre ne le tuerait pas sur le champ. Avant qu'il ne puisse prendre son élan, un éclair frappa le toit qui se déroba. Kalam finit sa chute au pied du Nécromancien.

Marcus ne ressemblait presque plus à un être humain. Sa transformation en spectre s'opérait. À chaque seconde, son corps devenait de plus en plus éthéré. Kalam voulut le frapper mais le regard que lui jeta Marcus l'emplit de terreur. Son corps refusa d'obéir, il resta immobile, terrassé. Il était le jouet des pouvoirs de Marcus, son destin était entre les mains de son ennemi. Ses dernières pensées furent pour Aïcha…

La Pierre Pourpre se transforma en soleil, tandis que Marcus finissait de quitter son enveloppe humaine. Il concentra son énergie et la fit croître au-delà de toute raison. Il éclata d'un rire sardonique.

« Ton maître s'est cru malin en empoisonnant la Pierre Pourpre ! Il a bien failli réussir ! Mais tant que je contrôlerai sa puissance, vous ne pourrez rien, chasseurs ! Vos stratagèmes ont échoué. Tu rencontreras bientôt ton maître dans le royaume des morts. Tu lui diras que malgré ses poisons et son sacrifice, la puissance de la Pierre Pourpre me maintiendra en vie pour l'éternité. Je vais quitter mon corps pour rejoindre une forme plus aboutie, parfaite, immortelle. Contemple ma puissance ! »

Soudain, un tir retentit. Ce bruit humain sonna de manière insolente. La main du Nécromancien se sectionna nette et se retrouva à terre. La Pierre Pourpre voltigea sur le sol, inerte. Son énergie s'éteignit instantanément et Marcus tomba, agonisant. La Mèche bondit et plaça la Pierre Pourpre dans un sac afin de ne pas la toucher. Marcus regarda William, incrédule :

« Comment as-tu pu tromper les esprits ! Nul ne le peut !

– J'avoue ne pas savoir moi-même, mais je pense que ceci m'a bien aidé ! »

Il montra Yatstiyb et rendit la broche à Kalam, qui l'accrocha aussitôt à sa veste. Ce dernier lui avait transmis la broche, après la mort de Stricting. Cela, afin que William puisse approcher silencieusement.

Marcus expirant, ses derniers mots furent pour Jafr Al Ser :

« Comment vas-tu faire sans moi Jafr Al Ser ? J'étais le dernier ! »

Puis il se mit à rire, d'un rire de dément, tandis que des gargouillis affreux commençaient à sortir de sa gorge. William crut entendre prononcer : « ma sœur… sauve la… »

Il se demanda de qui il pouvait bien parler. Puis Marcus Mac Bain s'éteignit. Sa renaissance avait été encore plus courte que sa vie.

Marcus mort, William demanda à Kalam ce qui s'était passé. Ce dernier expliqua que son mentor Abdülhamid avait empoisonné la pierre, « oubliant » de le prévenir de son acte. Finalement, cela lui ressemblait bien.

« Mon mentor ignorait que les Nécromanciens pouvaient devenir des êtres immatériels. Sans votre intervention, le sacrifice d'Abdülhamid aurait été vain…

– Mais sans son poison nous serions tous déjà morts ! Et je ne parle pas de votre broche. Je crois que nous avons eu beaucoup de chance !

– Le destin nous a souri ! Il se peut qu'il n'en soit pas toujours ainsi. Permettez-moi de récupérer la Pierre Pourpre de mon mentor. Je pense que vous conviendrez qu'il est préférable de la cacher dans un endroit sûr.

– Voilà pourquoi elle restera avec moi…

– Et on prétend les Ottomans voleurs ! Je me permets d'insister. Cette pierre me revient de droit. Elle a servi d'appât, il est temps pour elle de rejoindre son coffre et l'oubli. Croyez-moi, vous ignorez complètement ce dont ils sont capables. Si le plus grand danger est écarté, les disciples sont toujours vivants. La garder serait du suicide. De toute façon, je ne le permettrai pas. »

Kalam serra instinctivement son sabre. William ne fléchit pas et montra son mousquet :

« Peut-être que si nous avions plus de temps, vos arguments me toucheraient davantage. Mais le temps presse et vos changements de camps successifs n'ont pas servi la confiance que vous m'inspirez.

– D'une manière ou d'une autre, je la récupérerai ! »

William lui dit, sérieusement :

« Je ne saurais trop vous déconseiller d'employer d'autres armes que la discussion. Je n'hésiterai pas à utiliser tous les moyens à ma disposition, y compris celui que je tiens dans la main ! »

Kalam blêmit et désigna le corps de Marcus :

« Garde ta balle pour lui ! Regarde il n'est pas mort ! »

William détourna le regard une seconde et vit Kalam

disparaître au loin. Loin de se sentir floué par la ruse, il se dit que c'était un bien drôle d'homme, et plutôt que de perdre son temps en vaine poursuite, choisit de partir rejoindre Finch et Abraham.

Quand il arriva, la maison était en ruine. L'incendie avait tout dévasté. La Mèche, pris de panique, fonça au-devant des ruines encore chaudes. Tout était enseveli. La Mèche gémit :

« C'est trop bête… Ils doivent être dessous. »

Il tomba à genoux. William se rapprocha et posa sa main sur son épaule. Il n'eut pas le temps de parler que des bruits de suffocation se firent entendre à quelques mètres de là. Finch apparut, couvert de suie. Il continuait de tirer Abraham, rouge comme une pivoine. Il avait l'air exténué :

« Mais que fais-tu ? » demanda William.

« Enfin ! ça ne se voit pas, je sauve Abraham ! »

Ne sachant que répondre, La Mèche et William se contentèrent de rire à haute voix :

« À cette vitesse ? Ça va faire long jusqu'à Gaverburry !

– Je dirais un siècle ou deux !

– Tiens, quand il s'agit de te moquer de moi, tu retrouves ta voix, félon ! Dites monsieur le vicomte…

– William.

– William ?

– Oui, maintenant je crois qu'on peut se le permettre. Lorsque nous serons entre nous, vous m'appellerez William.

– Très bien. » Finch recommença sa phrase. « Dites William, vous ne pourriez pas nous expliquer ce qui s'est passé ?

– Je suis désolé, mais la seule personne capable de le faire vient de disparaître. D'ici que nous comprenions, je vous demande de ne parler à personne de ce qui s'est déroulé ici. Au moins, tant que tout n'est pas éclairci. D'ailleurs, Abraham pourra peut-être nous aider. Mais pour l'heure, nous devrions nous hâter. Je suis certain que les fuyards de la première heure vont revenir, et ils restent largement plus nombreux que nous. Finch, vas chercher des chevaux. Toi, aide-moi, on va déposer Abraham sur un plateau de table. On s'en servira de traîneau. Ensuite, on regroupera les affaires du révérend. Enfin, celles qui n'ont pas brûlé… Pour le reste on embarque tout ! »

La Mèche regroupa les affaires tandis que William préparait Abraham au périple qui l'attendait. Il le couvrit avec des couvertures et le sangla. Ainsi paré, il ressemblait à une momie égyptienne, à la différence près qu'il était vivant. Son allure paisible et sa respiration tranquille rassurèrent le vicomte : « Ne t'inquiète pas mon vieux, ça va aller. Tu rentres à la maison ! » Après quelques minutes passées à l'extérieur, Finch revint en trombe :

« William ! Je crois qu'il ne faudrait pas trop compter sur les canassons… Mis à part le vôtre, les autres ont foutu le camp. Ils ont dû fuir devant le spectacle. D'ailleurs, c'est même étrange, il n'y a plus d'animaux ! Pas même un oiseau ou un chien ! »

Le vicomte dressa l'oreille, le silence qui se dégageait de la nuit était glaçant. Le hameau ne comptait plus âme qui vive.

« Mais comment est-ce qu'on va faire ? Surtout que la carriole a flambé avec le silo ! » fit remarquer La Mèche devant le monticule d'affaires d'Augustus.

« On ne pourra pas tout récupérer » confirma William. « On va laisser les corps ici. Tant pis ! Mon cheval servira d'animal de trait. On prend le reste avec nous. Oui, TOUT le reste. »

Quelques miles plus loin, ils firent une pause, épuisés. William se reposa quelques instants et déclara que la distance devait suffire. Quand La Mèche demanda : « Suffire à quoi ? », le vicomte lui envoya la pelle : « Allez, tu commences ! »

Comme les deux amis le regardaient l'air étonné, il expliqua : « On enterre le butin ici. » Avec un enthousiasme réservé, La Mèche planta sa pelle dans le sol. Au bout de quelque temps, le trou s'agrandit. Finch constata qu'aucun cavalier n'apparaissait dans la longue vue : le hameau restait vide d'hommes et d'animaux.

Dans le soleil du levant, les trois silhouettes se relayaient à la pelle. Finalement, vint le moment où le buste de William dépassa à peine du sol. Le tas de terre sur lequel était assis Finch indiquait que l'objectif était atteint. Après s'être essuyé le front d'un revers de manche, le vicomte posa ses mains sur la pelle et déclara que c'était suffisant :

« Mettez les affaires du pasteur dans le trou, qu'on reprenne la route.

– Votre plan est tout de même assez limité, vicomte. S'ils passent dans le coin, ils vont remarquer que la terre a été remuée !

– J'en suis bien conscient, mais c'est soit Abraham, soit les affaires. Et puis, il ne faut pas trop leur faciliter la tâche. Rebouchez-moi ce trou, je m'occupe du reste. »

L'air surpris par la remarque de William, qui faisait état du reste, Finch et La Mèche s'activèrent à déposer les affaires au fond du trou. Lorsque La Mèche prit le sac contenant la Pierre Pourpre, le vicomte l'arrêta : « Non, ça, je vais le garder sur moi ».

La Mèche lui rendit le sac et reprit ses occupations. Quand ils finirent de tout reboucher, William réapparut avec une croix bricolée sur laquelle il avait gravé le nom d'Abraham. Utilisant une pierre en guise de marteau, il l'enfonça profondément devant le tumulus et vint se placer face à elle. Ses amis l'imitèrent et, intimidés par la scène, commencèrent à discuter entre eux :

« Ça fait bizarre, tu ne trouves pas ? » dit Finch.

« Oui. Même si on sait qu'il est vivant, ça me met mal à l'aise. Tu crois qu'on devrait prononcer un éloge ou quelque chose en hommage à sa mémoire ?

– Ben… Peut-être bien. Ça se fait ce genre de chose.

– Tu crois qu'on a le temps ?

– Dites, William, vous en pensez quoi ?

– Que nous pourrions attendre qu'il soit mort pour le faire ! En attendant, il faut que vous repartiez avant que quelqu'un nous tombe dessus. Tant que vous n'aurez pas retrouvé Campbell, je ne serai pas tranquille.

– Pourquoi dites-vous 'vous' ? Vous ne venez pas avec nous ?

– Non, j'ai une affaire à terminer. Les moines noirs ne sont pas tous morts. Dételez le cheval, je vais le garder.

– Mince alors ! » fit La Mèche. « Ça veut dire qu'on va le tirer à la main ?

– Devine ! » répliqua Finch. « Vous êtes un malin, monsieur le vicomte… vous leur tendez un piège. Vous espérez qu'ils nous suivent et récupèrent le magot, croyant nous avoir bernés ! Ensuite vous n'aurez qu'à les suivre jusqu'à leur chef ! »

La Mèche fit un clin d'œil à William pour lui signifier que lui aussi avait bien compris. William sourit et répondit :

« C'est cela. Cependant il est possible qu'ils ne mordent pas et se contentent de vous rattraper !

– Mince ! On va servir d'appât ! » s'écria La Mèche.

« Vous pourriez, mais je doute qu'ils se laissent duper.

Dans le cas contraire, rassurez-vous, je vais les surveiller de près ! Mais pour ça il faudrait que La Mèche me rende ma longue vue. »

À contrecœur, La Mèche tendit l'objet mentionné :

« J'en ai pris soin, mais je crois qu'elle a pris un coup quand on a traversé le toit de la grange. »

William fit la grimace devant l'allure cabossée de l'objet qu'il glissa dans sa poche. Finch se permit de faire une réflexion :

« Sauf vot'respect, Monsieur... William, je pense que je connais une bien meilleure destination que Gaverburry, pour la convalescence d'Abraham.

— Comment ça ?

— Je crois que Carmen pourrait le soigner. Elle est très douée, vous savez.

— Pour sûr ! » renchérit La Mèche.

« Carmen ? La gitane ?

— Oui, elle s'y connaît pour requinquer un homme, fut-il gigantesque ! » approuva Finch.

William réfléchit et demanda l'air inquisiteur :

« Qu'est-ce qui te fait croire qu'elle acceptera ?

— Ben parce que c'est ma mère, évidemment ! Et puis j'ai un petit cadeau pour elle... » Finch sortit un paquet de cartes de Tarot, usées et cornées. William sourit. Il n'y avait pas de petit profit en ce bas monde. Finch continua à pavoiser. « C'est dommage qu'elles soient tachées... »

William dressa l'oreille et, d'une voix blanche, demanda :

« Où les as-tu prises ? Où, je te dis ? » Il avait haussé le ton et son visage était pourpre à présent. Finch répondit, imperturbable :

« Ben... dans la veste du pasteur Stricting. Quand vous avez demandé de vider les affaires du moulin. Le vieux avait ça dans la poche de son manteau. J'ai trouvé ça bizarre pour un révérend, puis je me suis dit que ça plairait à Carmen. Elle adore les vieilles cartes, elle dit qu'elles ont une âme. »

Il tendit le jeu à William. Ce dernier le prit, presque avec répugnance, comme s'il s'agissait d'un objet maudit. Il s'agissait de Tarots anciens, les mêmes que ceux de son père. Et le jeu était taché avec de l'encre bleue. Cela faisait des mois qu'il cherchait ce satané jeu et il réapparaissait soudain, par l'opération du St-Esprit. Il restait un élément à vérifier. Il sortit les cartes une à une. Finch le regardait faire et partagea un regard surpris avec son camarade. Le vicomte avait perdu la tête ! William les énuméra :

« L'Impératrice, le Pape, le Mat, le Soleil… Il en manque une… »

Une fois n'était pas coutume, Finch et La Mèche l'observaient dans un silence religieux. C'est à cela qu'on reconnaît de bons compagnons. Il leva les yeux sur eux et sortit une carte de sa poche :

« Voilà celle qui manque : la Maison Dieu. C'est bien le jeu de mon père ! Et il était en possession du pasteur. Si on m'avait dit que je le retrouverais un jour ! »

Finch et La Mèche échangèrent un regard entendu, n'osant rien dire. William se laissa tomber sur les fesses.

Henry, sachant ce qui risquait d'arriver, avait volontairement laissé un piège à l'attention du tueur et il avait offert une piste à son fils. Certes difficile à suivre. William eut un pincement au cœur, en songeant combien Henry avait dû se sentir cerner dans ses derniers instants. Pris au piège sans échappatoire possible… Il avait fait preuve de sang-froid dans ces circonstances sordides. Cette affaire était allée très loin, au-delà d'une histoire de meurtre.

Il ressentit un immense soulagement à l'idée que son père fût vengé et une grande frustration de ne pas l'avoir fait lui-même.

« Mon pauvre père, tu étais bien clairvoyant. Espérons que j'ai hérité de ton intelligence ! » La nostalgie ne dura pas, car des cagoules, comme les appelaient Finch, traînaient encore dehors.

La chasse reprenait. Les hommes se séparèrent, chacun promettant à l'autre d'être prudent.

William passa une bonne partie de la journée couché dans le givre et l'humidité avec la fausse tombe d'Abraham dans sa mire. Ses mains commençaient à devenir douloureuses quand des cavaliers sortirent de l'horizon. « Enfin ! » pensa-t-il, trépignant d'impatience. À leur tête, se tenait un homme avec un chapeau à plume blanche, Archibald de St-Maur. Envoyé par Gregor afin de faire le ménage, il avait suivi les traces laissées par le convoi. Arrivé devant la tombe, il descendit de cheval et inspecta les empreintes. Après quelques minutes à les détailler, il comprit que quelque chose ne tournait pas rond, il fit alors de grands mouvements de bras à destination de ses hommes qui le rejoignirent avec des pelles. « Ils mordent à l'appât », jubila William.

Les yeux du vicomte se chargèrent d'étoiles.

« Toi, mon petit, tu vas m'amener tout droit à ton chef ! »

79

L'Homme aux cheveux blancs

Chambre de Sarah, après la visite d'Eleanor

Giacomo revenait à lui. Le teint blafard, enveloppé dans une couverture, il rejoignait le monde des vivants. Les cheveux noirs de geai de l'Italien étaient à présent aussi blancs que la neige. Sarah ferma les yeux, elle en avait fait de lui un vieillard sans ride, un homme que la mort avait gelé de l'intérieur. Cette nuit, non seulement elle n'avait sauvé personne, mais elle avait bien failli tuer son seul ami. La racine des cheveux de Giacomo se mit à foncer progressivement. La vie repartait doucement. Quand il ouvrit ses yeux, elle vit le noir affluer dans son iris blanc. Giacomo toussa, puis, mu par la peur, il se releva rapidement, avant de se rasseoir, les jambes coupées :

« Que s'est-il passé ?

– J'ai eu très peur Giacomo !

– On peut dire que cela ne s'est pas passé comme prévu ! »

Sarah lui raconta en détail ce qui était arrivé, omettant les révélations sur son père. Pendant ce temps, les cheveux de Giacomo étaient redevenus noirs comme le charbon, à l'exception d'une mèche qui restait de la couleur du givre. Il la consola à son tour, en la prenant dans ses bras :

« Chuttt… Regarde, tout va bien. On a eu plus de peur que de mal. » Il tentait de la rassurer, mais il sentait bien que la réalité serait toute autre. Soudain, sans raison apparente, elle pouffa de rire.

« Tes cheveux ! »

Giacomo se leva et se posta devant le miroir de Sarah. Une mèche de ses cheveux était restée blanche.

« Mais qu'est-ce que j'ai ?

– En réalité, presque plus rien. Il n'y a pas deux minutes, tu étais tout blanc.

– Tout blanc ! Vraiment ? Je n'ai rien senti… juste le froid. Il va falloir faire quelque chose ! »

Il frottait ses cheveux, de plus en plus fort. Sarah se rapprocha de lui alors qu'il était assis devant la glace. Elle posa ses deux mains sur ses épaules :

« Attends, j'ai une idée. Tourne-toi un peu. »

Elle accompagna son mouvement par une pression des mains sur ses épaules.

« Ne bouge pas. Je crois que je peux y arriver.

– La dernière fois que tu m'as dit ça, j'ai vieilli de deux cents ans et j'ai failli laisser ma peau… »

Elle toucha des doigts la mèche de cheveux blancs. La coloration revint doucement, comme un bourgeon qui s'éveille au printemps. Giacomo qui scrutait le miroir n'en croyait pas ses yeux.

« Je te rends ton pouvoir… » murmura-t-elle.

Il inspecta sa chevelure en détail. Rien, plus une trace.

Sarah partit s'installer sur son lit. Quelle soirée ! Soudain, elle sursauta quand quelque chose lui toucha la jambe. Le chat Capuche la regardait en soufflant. L'Italien le prit dans ses bras, mais quand Sarah s'approcha, il sauta des bras du jeune homme et s'en alla miauler à la porte. Sarah déclara :

« Ce chat me déteste ! Il n'y a que les monstres qui font peur aux animaux ! »

Giacomo se rapprocha et lui prit la main.

« Laisse-lui un peu de temps. Je suis sûr qu'il deviendra aussi docile que moi ! »

80

La Discorde

Maison abandonnée sur la route de Silkwater, province du Wessex.

La petite bicoque éventrée semblait bien seule au fond de la lande. Son aspect délabré venait contredire l'idée même de présence humaine, surtout que les oiseaux semblaient en avoir pris totalement possession. L'orage violent de la nuit s'était éloigné aussi vite qu'il était apparu et, ce matin, le soleil perçait la couche nuageuse de ses rayons dorés. Seule l'humidité qu'il avait laissée derrière lui emplissait l'atmosphère d'une menace silencieuse. La toiture dégoulinait lamentablement sur le sol boueux où quelques chevaux cherchaient leur pâture. Le seul signe de vie apparent était une fumée âcre qui sortait de l'unique cheminée de la maison. Erik soupira en remuant les cendres avec le tisonnier. Une braise craqua, et le feu reprit sa forme. La pièce avait un air trompeur de sérénité et de quiétude, que les cent pas d'Eleanor perturbaient. Agacée par le calme d'Erik, elle l'apostropha :

« C'est tout ce que ça te fait ? Quand je pense à tout ce qui a été accompli, en vain. Je lui avais dit que ça ne marcherait pas. Mais il sait toujours tout, il n'a rien voulu écouter. Mon pauvre Marcus… Je n'étais même pas là ! Il est mort seul ! C'est la faute de Gregor et de ses manigances ! »

Erik la laissait parler. Dans ces moments-là, il valait mieux ne pas la contrarier. À cet instant précis, avec ses longs cheveux qui encadraient son profil parfait comme le marbre d'une statue, Eleanor ressemblait à une déesse de la guerre. Ses yeux flambaient et son teint diaphane avait rosi sous le coup de la colère et du chagrin. Un mélange qui était rarement annonciateur de bons moments. Mais on ne pouvait pas lui en vouloir d'être en colère. Ce soir, elle avait perdu son frère et l'espoir de le revoir. Certes, Gregor n'y était pas pour grand-chose, mais Erik ne jugeait pas opportun de lui rappeler que c'était lui qui avait ramené l'Ottoman dans ses bagages. D'ailleurs, lui non plus ne portait pas Gregor dans son cœur. Ce qu'Erik détestait le plus chez lui, c'était son manque d'empathie. Ça et sa cruauté. Eleanor poursuivait sa diatribe :

« Je l'avais prévenu ! Ressusciter Marcus en pleine nature, loin de chez lui, des siens… Où cessera sa folie ? Mais bon sang, pourquoi ne dis-tu rien depuis tout à l'heure ?

– Je réfléchis. Un détail me chiffonne… Ton oncle me semblait bien paisible. Pourtant cette histoire fiche tous ses plans par terre. Tout à l'heure, quand on lui a annoncé la nouvelle, il n'avait pas l'air tellement abattu…

– Je le soupçonne d'avoir eu plus de peine pour Stricting que pour son propre neveu !

– Non, c'est autre chose qui m'ennuie. Depuis qu'il est né, Jafr Al Ser constitue sa seule et unique obsession. Et pourtant ce soir, alors que tout espoir de pouvoir le ressusciter s'évanouit, il reste flegmatique. Dès lors, je m'interroge. Tu sais comme moi que c'est le spécialiste des affaires à tiroir…»

Eleanor devint silencieuse. Elle craignait de comprendre l'allusion d'Erik. Et si Marcus n'était pas le dernier Nécromancien ? Et s'il y avait quelqu'un d'autre ? Cela pouvait très bien être Sarah. Elle regarda le visage tourmenté d'Erik et se demanda quelle serait sa réaction s'il apprenait que sa fille était potentiellement une descendante. Ce soir elle avait tant de chagrin qu'elle préféra éluder la question :

« Quelle importance ! Ne peux-tu pas comprendre ? Mon frère est mort et je n'ai pas le droit de venir le voir ! Je ne peux même pas le pleurer et toi tu me parles des plans de mon idiot d'oncle ! »

Erik tenta de la calmer.

« Je sais que c'est très difficile pour toi. Tu t'es tant battue pour Marcus... Je n'aurais jamais cru que ça finisse ainsi, mais pour moi, il est mort il y a bien longtemps. En même temps qu'Erik Hansen. La seule chose qui m'inquiète, c'est la suite des opérations. Voilà pourquoi je me préoccupe de l'attitude de Gregor... »

Erik prit une voix inquiète et murmura :

« Il a quelque chose en tête, je le devine, mais j'ignore quoi... Il ne faudrait pas que notre situation au sein du château ne soit découverte. Imagine si notre lien avec tous ces événements venait à être connu...»

Eleanor sentit les larmes lui monter aux yeux. La fraîcheur sur sa joue lui indiqua qu'elle n'avait plus besoin de se retenir. Murée dans sa douleur, elle n'avait pas pris conscience de tout ce qui se jouait. Elle commençait à entrevoir les problèmes qui s'annonçaient. Et plus elle y réfléchissait, plus la liste s'étoffait. Elle s'effondra :

« Mon dieu, qu'allons-nous devenir ? Crois-tu que William Tadwick ait tout découvert ? »

Il réfléchit un instant et répondit d'une voix calme.

« Je ne vois pas comment. Augustus n'était pas un amateur et normalement St-Maur a dû effacer les dernières traces. Je doute qu'il subsiste la moindre preuve, mais comment en être persuadé ? Le mieux serait d'observer sa réaction de loin... S'il représente une menace, il doit bien y avoir un moyen de le neutraliser. »

Eleanor réfléchit un instant avant de dire :

« C'est sa proximité d'avec Thomas qui le rend dangereux. Sans son appui, il n'est qu'un petit vicomte inoffensif.

– Possible… En attendant, tu devrais retourner sur l'île de Warth, juste pour quelque temps.

– Est-ce une plaisanterie ? Non, sûrement pas. Thomas ne comprendrait pas et ce n'est pas le moment d'éveiller sa méfiance. Tant que lui ne se doute de rien, nous ne sommes pas en danger. Gregor ne laissera pas le vicomte compromettre notre couverture. »

Erik esquissa un sourire qui ressemblait plus à une grimace :

« Ce vieux grigou a plus d'un tour dans son sac. Je te dis qu'il cache quelque chose… »

Il regarda Eleanor, plein d'inquiétude. Elle s'assombrit. Elle hésitait encore à tout lui révéler, car elle craignait de ne pas avoir la force d'assumer les conséquences. Depuis l'autre nuit, il devenait indéniable que Sarah n'était pas comme les autres. Les yeux d'Erik la percèrent de part en part et son ton se fit accusateur :

« Toi, tu es au courant de quelque chose et tu ne me dis rien ! Bon sang, Eleanor ! »

Ne pouvant garder davantage le secret, elle expliqua à Erik la scène à laquelle elle avait assisté avec Sarah et Giacomo. Elle ne tut aucun détail, ni sur l'état de Giacomo, ni sur la discussion qui s'en était suivie. Elle conclut par une phrase lourde de sens.

« S'il découvre ses pouvoirs, j'ai peur qu'il nous l'arrache. Tu n'ignores pas de quoi il est capable !

– Ne te fais pas d'illusions, il le sait déjà ! Voilà pourquoi il est si serein ! Pourquoi m'as-tu caché cela ?

– Je ne t'ai rien caché. C'est juste que je n'ai pas trouvé la force de t'en parler avant… »

Erik prit sa tête des mauvais jours. Ce que sous-entendait Eleanor ne lui plaisait pas mais alors, pas du tout !

« Dois-je te rappeler qu'elle est aussi ma fille ? » Ces yeux pâles devinrent aussi froids que cruels. « À moins que cela aussi ne soit qu'un mensonge de plus. Tu en es bien capable pour garder un serviteur !

– Comment oses-tu ! » Elle fondit en larmes. Ce qui, une fois n'est pas coutume, énerva Erik encore plus.

« Ne crois-tu pas que nous avons d'autres soucis que tes petits caprices ? Surtout ce soir. »

Le silence s'abattit comme une chape de plomb. Sarah... Aucun des deux ne parvenait à se soustraire à l'angoisse qui les étreignait. Pour Erik, c'était un cauchemar éveillé :

« Tu penses que Sarah pourrait-être la dernière Nécromancienne ?

– Tu vois une autre possibilité ? Écoute, elle m'a raconté ses rêves. Jafr Al Ser lui parle, elle voit des choses qui se sont réellement passées et récemment, j'ai compris qu'elle avait eu une jumelle. Le doute n'est plus permis. Et Gregor doit le savoir aussi.

– Je me souviens... La voyante a dit des choses curieuses à Sarah, sur un destin extraordinaire et de suivre la voie des vivants...

– Quand a-t-elle vu une voyante ?

– Je lui ai présenté une femme pour lui apprendre à lire les Tarots. A l'époque je n'ai pas cru un mot de ce que racontait cette bohémienne. Ce n'est que maintenant...

– Tu peux bien me faire la leçon ! » C'était maintenant au tour de d'Erik de baisser les yeux. « Si Sarah est une descendante, elle ne pourra pas rester au château, c'est trop dangereux. Elle devra apprendre à maîtriser ses pouvoirs et cela ne peut se faire que sur l'île de Warth.

– Dois-je comprendre que tu comptes la laisser aux mains de ton oncle ?

– Mais tu ne comprends pas, nous n'avons pas le choix. Regarde ce qu'il est advenu de mon frère pour une simple pensée. »

Erik haussa le ton :

« Je ne lui laisserai pas ma fille ! Tu ne trouves pas étrange qu'il ne soit pas resté là-bas avec Marcus ? Si Jafr Al Ser lui parle, comment expliques-tu ce qui s'est produit ?

– Tu te trompes ! Il m'a promis que nous verrions Marcus ensemble, rien de plus. Ta haine envers lui brouille ton jugement.

– En es-tu vraiment certaine ? Irais-tu jusqu'à parier la vie de Sarah là-dessus ? En ce qui me concerne, c'est tout vu ! »

Cette éventualité la fit frémir. Elle semblait désemparée. Erik la prit entre ses bras pour la calmer. Elle ressemblait à une enfant qui avait fait un cauchemar, les yeux fixés sur une vision imaginaire et effrayante. Ces instants de faiblesse étaient si rares chez elle. Il ne l'aimait jamais autant que dans ces moments-là. Elle releva la tête. Elle y avait bien réfléchi. Mais ça ne se pouvait pas. Gregor respectait trop le sang des Nécromanciens. Elle pensait qu'il avait réellement essayé de sauver Marcus. Et même si Gregor pouvait se montrer manipulateur et cruel, il n'était pour rien dans les événements. Quelque chose avait mal tourné. Ces choses-là arrivaient parfois sans que l'on sache les expliquer. Eleanor renifla doucement. Ils devaient rester soudés et garder la tête froide, car le problème le plus immédiat demeurait Tadwick. Tant que la situation n'évoluait pas, Sarah ne risquait rien.

À un détail près songea Erik : l'Ottoman. Kalam

le chasseur. La peste que lui-même avait ramenée de Constantinople. Il ne s'était pas méfié, trop heureux d'avoir rapporté la Pierre Pourpre. Son orgueil l'avait égaré. Il ne voulait pas inquiéter Eleanor et l'avait mise discrètement sous bonne garde. Il ne connaissait pas les intentions du chasseur mais d'après Gregor, ce dernier était coriace et manquait à l'appel. Il se baladait certainement dans la nature avec les Mac Bain pour cible. Mais ça n'était pas le moment d'en rajouter. Eleanor était suffisamment ébranlée comme ça par les événements. Il s'en voulut de s'être emporté. Il reprit d'une voix rassurante.

« Excuse-moi, je ne pensais pas ce que je disais. Et si nous prenions chaque problème l'un après l'autre ? Qu'en dis-tu ? »

Elle ne répondit pas. Son esprit était parti dans des sphères lointaines et avait quitté la discussion. Il fallait qu'elle réfléchisse aux événements. Elle se sentait cernée de tous les côtés. Il fallait qu'elle sauve sa couverture auprès de Thomas ou qu'elle fuie. Non, la fuite n'avait jamais été une option. Elle devait choisir son camp. Son regard était obscurci par des pensées qu'elle tentait vainement de réfuter. Au bout d'un long moment, son combat intérieur s'acheva et elle annonça sa décision.

« Écoute, ça ne me fait pas plaisir, mais je crois que nous devons faire confiance à Gregor. Il a sûrement un plan. Si Sarah est la dernière Nécromancienne, il ne sert à rien de lutter. Elle ne pourra pas échapper au destin qu'il a écrit pour elle.

– Tu sais ce qu'il exigera de Sarah…

– Nous n'avons pas le choix. Et Gregor a sa confiance.

– Oui, mais Gregor ne sert que son intérêt. Il n'est peut-être pas responsable de tout, mais il faut quand même s'en méfier.

– Il nous a sauvés la vie, à mon frère et moi, il y a longtemps...

– Tu sais comme moi pourquoi ! Ce n'est pas la clémence qui a guidé son bras mais son intérêt ! »

Eleanor changea d'attitude. Combattre un tel ennemi était perdu d'avance. De toute sa force, elle lui fit savoir :

« Nous n'avons pas le choix. Demain, j'irai lui déclarer les pouvoir de Sarah. Il nous protégera de Tadwick et saura berner Thomas. On peut lui faire confiance pour ça. »

Erik ricana :

« Je n'en doute pas ! Mais je voudrais que tu laisses ma fille en dehors de ça. J'ai joué votre jeu sinistre pendant des années et il n'est rien que je ne ferais par amour pour toi... Sauf te laisser décider de la vie de Sarah ! Elle ne mérite pas de... » Eleanor le coupa brusquement.

« Le mérite n'a rien à voir là-dedans ! N'as-tu toujours pas compris ? Mes parents ont brûlé vifs, mon frère est mort, pour la simple et unique raison qu'ils se sont éloignés du chemin que Jafr Al Ser avait choisi pour eux.

– On croirait entendre ton oncle...

– Ça suffit ! Tu n'as pas le choix, tu entends ! Jafr Al Ser l'a choisie, elle sera forcée de devenir une, une...

– Même toi tu n'arrives pas à prononcer le mot... Une Nécromancienne : qui tue des gens et joue avec la mort ! J'ai accepté ton monde il y a longtemps, mais Sarah ne mérite pas cette cruauté, cette noirceur !

– Sarah ne nous appartient déjà plus. Tu ne comprends pas que c'est là son destin et qu'elle se hissera au-dessus de nous tous...»

Elle le regardait avec mépris et son visage était devenu celui d'une étrangère. Elle ressemblait comme jamais à une Mac Bain : froide, méprisante et hautaine.

Un instant, il eut envie de la frapper, de lui faire mal. Son amour pour elle ressemblait soudain à une farce de mauvais goût, comme si un voile de dépit obscurcissait les meilleurs souvenirs qu'ils avaient ensemble. Une barrière se dressait entre eux, infranchissable. Ils se regardaient comme deux étrangers qui se préparent à se faire la guerre, chacun retranché sur ses positions. Mais il connaissait assez Eleanor pour savoir qu'elle ne plierait pas. Il se força à respirer et à se calmer. Ce fut comme si le voile de haine s'était levé. Il vit son air d'enfant buté, ses yeux brûlants pleins de colère et cette ride sur le front qui trahissait sa peur... Il déposa les armes et soupira :

« Très bien. Après tout, je n'ai pas plus le droit que toi de revendiquer le destin de Sarah. En vérité, nous ne pouvons déjà presque plus rien. Elle a déjà fait ses choix, aussi je te préviens : je connais ma fille et mes tripes me crient qu'elle ne voudra pas de votre héritage maudit. À son âge, Marcus égorgeait déjà depuis plusieurs années, crois-tu qu'elle se réjouira de l'agonie d'un autre ? Elle rejettera son sang Mac Bain... Et elle finira par te rejeter, toi ! »

Ils se turent en entendant des pas. Erik avait abdiqué, mais elle savait qu'il n'en resterait pas là. Pour la première fois, ils étaient en désaccord et la discussion avait laissé un goût amer, celui que tout couple a sur les lèvres quand il s'approche trop près du bord et qu'il menace de chuter.

On annonça qu'Archibald de St-Maur venait d'arriver avec le corps de Marcus.

L'Arrière-garde

Environ de Silkwater

Archibald de St-Maur arrivait au point de rendez-vous. Il délaissa le convoi et entra seul dans la maison abandonnée où Eleanor et le duc de Mac Bain finissaient leur discussion.

« Archibald, mon ami, alors ? » demanda Erik, soucieux.

« Il ne reste plus une trace. J'y ai veillé personnellement.

– Et nos hommes ?

– Beaucoup sont morts, il n'y a plus que Ralph et quelques éclopés. Ils ont fui quand le ciel a commencé à leur tomber sur la tête. Ils ont tous décrit la même chose, un sorcier maudit qui lançait des éclairs. Il m'en a coûté quelques pièces pour leur silence. Le moins que l'on puisse dire, c'est qu'ils l'ont échappé belle ! La moitié du hameau a brûlé et le reste est détruit ou fortement endommagé. J'ai récupéré les corps. Je crois qu'il faudrait prendre le temps de plomber les cercueils avant d'envisager de les déplacer. »

Eleanor, le visage recouvert d'un voile noir, assistait à la scène dans un coin de la pièce. Archibald la reconnut et eut un geste de déférence. Erik poursuivit :

« Et la Pierre ?

– Introuvable ! En revanche, les autres affaires sont dans le chariot. Ce petit malin de Tadwick les avait enterrées dans une fausse tombe.

– Je te remercie de ce que tu as fait Archibald. J'aurais dû te demander de veiller sur ce moulin. L'histoire en aurait été changée.

– De ce que je sais, Augustus n'a pas fait d'erreurs. Il est tombé sur plus fort que lui, voilà tout. Nul n'est à l'abri de ça. Il faut savoir accepter son destin sans l'encourager pour autant…»

Eleanor intervint, digne dans la douleur :

« À présent, je souhaiterais revoir Marcus une dernière fois.

– Pardonnez-moi, madame, mais il mériterait un peu d'attention avant sa dernière présentation. Sans vouloir être offensant, je suis certain qu'il n'aurait pas souhaité offrir ce spectacle. Rien ne pourra soulager votre peine, pour autant, je ne vois pas l'utilité d'ajouter cette vision à votre détresse.

– Je veux le voir de mes yeux. Je veux en être sûre. »

Archibald acquiesça. Les réactions face au deuil pouvaient être des plus étranges. Erik, soudain, comprit. Tout cette attente, tous ces risques, tout cela uniquement parce qu'une partie d'elle refusait encore la sinistre vérité. Son frère était mort. Elle avait beau lutter, il était trop tard. Aujourd'hui qu'il n'était plus, elle devait se sentir vide et désœuvrée. De manière compulsive et irraisonnée, Eleanor rejetait la nouvelle de la mort de son frère avec une fougue et une vigueur qui confinaient à la folie. Il fallait la ramener à la réalité et il n'existait qu'une façon d'y remédier. D'un ton impératif, il demanda :

« Ça suffit, ne perdons plus de temps, faites ouvrir les cercueils.

– Bon, et bien comme vous voudrez, j'espère que l'hiver les aura davantage préservés que le combat. » Archibald sortit prestement par la porte et hurla :« Mais après cela, je scelle tout. Egbert ! Fais chauffer le plomb ! »

Au loin, équipé de sa longue vue cabossée, William observait la scène. Il avait suivi le chariot d'Archibald depuis le départ de la fausse tombe d'Abraham. Son périple le ramenait sur la route du château de Blenhum. Il ne vit là qu'une simple coïncidence. Puis il se mit à penser au pasteur Stricting et à ses habitudes au manoir de Gaverburry. Et si quelqu'un avait infiltré l'entourage de Thomas Gordon-Holles ? Cette idée lui fit froid dans le dos et il se remit à observer avec encore plus d'attention. Quand l'homme à la plume blanche fit de nouveau son apparition, deux silhouettes lui emboîtèrent le pas. William, l'œil sur la lorgnette, vit l'imposante silhouette et les cheveux longs du duc de Mac Bain. Malheureusement pour lui, il ne le connaissait pas et le choc sur la longue vue ne lui permettait pas de bien distinguer les traits des visages. Il ne put entrevoir que des silhouettes, rendant toute identification impossible.

Tapi, il distingua les hommes qui ouvraient les cercueils et la femme qui se penchait sur les corps pour les identifier. Elle s'effondra : Ce devait être quelqu'un qu'elle connaissait bien… Il repensa alors à ce qu'avait murmuré le jeune Nécromancien juste avant de mourir : « Où est Gregor, où est ma sœur ? » Se pouvait-il que ce soit elle ? La femme au voile noir ne feignait pas. Sa tristesse transparaissait derrière tout son apparat. William se forgea la certitude que cette femme à la silhouette douce et gracieuse était sa sœur. Le démon savait se parer de toutes sortes de subterfuges… Se rapprocher était risqué, mais il ne parvenait pas à se résoudre à la laisser s'enfuir, ni elle, ni le grand blond.

Il n'eut pas le temps de poursuivre ses réflexions plus avant. Archibald de St-Maur refermait les cercueils. William n'entendit pas la discussion, mais rapidement les hommes se dispersèrent en deux groupes. La plume blanche et les cercueils, la femme et le grand blond.

William bondit hors de sa cachette et se rapprocha du bâtiment délaissé. Il pénétra à son tour dans l'enceinte de la bicoque, à la recherche d'un quelconque renseignement. Comble de malchance, il n'y avait rien à fouiller, tout était vide. Il avisa quelque chose de brillant sur une poutre verticale : une mèche de cheveux, claire et brillante. Il la ramassa, tout en se demandant ce qu'il allait en faire… Comme il faisait froid, il s'approcha de l'antre de la cheminée qui fumait encore. Si seulement il avait plus d'hommes ! Pestant une dernière fois contre le mauvais sort, il s'apprêtait à partir à leur poursuite, quand il entendit le bruit de chevaux qui se rapprochaient. William passa un regard par la fenêtre et aperçut des mercenaires. Il échappa un juron et scruta la pièce à la recherche de cachette… Rien. Il ressemblait à un pou sur le crâne d'un chauve ; il n'y avait nulle part où se dissimuler. À l'extérieur, trois hommes d'Erik revenaient sur leurs pas.

La porte s'ouvrit d'un seul coup tandis que les hommes entraient les mousquets en avant. La pièce était vide. L'un d'eux afficha une mine déconfite.

« Tu vois ! » éructa le premier, « il n'y a personne ! Maintenant il faut faire la route dans l'autre sens et au galop !

– C'est qu'il a dû nous entendre, je l'ai vu, je te dis…

– S'il est ici, je veux bien me faire moine ! À ce rythme, on n'est pas près de manger chaud ! » répliqua le plus trapu d'entre eux.

« Restez sur vos gardes, il ne doit pas être bien loin. »

Couvert de suie, les pieds plantés dans les interstices de la cheminée, William n'en menait pas large. Malgré sa vitesse, il n'avait pas eu le temps de sortir par le toit et il se retrouvait coincé dans le conduit. Son corps, dans une position précaire, ne demandait qu'à glisser. Il tenta un mouvement pour asseoir sa position, mais son pied se déroba et il manqua de chuter. Il ne put se maintenir qu'au prix d'un effort insoutenable.

« Laisse tomber Bill, tu vois bien qu'il n'y a personne ! »

Alors que ses deux camarades sortaient, Bill, lui ne bougea pas. Il avait vu une silhouette, il en aurait mis sa main à couper. Il scruta le toit, les murs… la cheminée. Il vit de la suie s'échapper en une fine traînée. Dague en main, il se rapprocha doucement du foyer. Hésitant à passer la tête ou à tirer à l'aveuglette, il prit le parti d'écouter attentivement. Ses deux collègues comprirent et dégainèrent leurs armes. Les mercenaires n'eurent pas le temps d'échanger un regard que dans un nuage de suie, accompagné d'un énorme juron, William dévala le conduit de cheminée. L'épaisse fumée força les mercenaires à reculer et à se masquer le visage. Le vicomte atterrit sur le postérieur. Sans attendre les présentations, les hommes ouvrirent le feu à bout portant.

La maison s'agita, prise de soubresauts. Après quelques secondes de pétarades, le silence revint. L'affrontement avait été bref et violent. Dans la maison, il ne restait plus que William, une balle dans l'épaule gauche. L'échange de tir à bout portant avait eu raison de son gilet de cuir maison. Les trois autres étaient étendus, raides morts. William ramassa ses armes et sortit en titubant. Les grimaces sur son visage laissaient deviner l'ampleur de sa douleur. Il s'approcha d'un cheval et le monta difficilement. Le sang qui s'échappait de son épaule ne l'empêcha pas de frappa ses flancs et de s'élancer à la poursuite des mystérieux inconnus.

-82-
Chacun pour soi et Dieu pour tous

Maison abandonnée sur la route de Silkwater

Kalam était satisfait. Le subterfuge d'Abdülhamid avait fonctionné et l'air qu'il respirait lui prouvait qu'il était encore en vie. Bientôt, il pourrait revoir les minarets de la mosquée bleue de Constantinople et sentir à nouveau le soleil sur sa peau. Dès que la Pierre Pourpre serait en sa possession, il voguerait loin de cette contrée de misère. Il repensa à Silkwater et se demanda quel poids ce vicomte pesait dans l'équation.

Les Nécromanciens n'avaient pas pour habitude de s'encombrer de détails. Si William Tadwick était encore en vie, c'était pour une bonne raison. Cet homme l'intriguait. Il devait le retrouver. Des traces de chariot menaient à la petite maison isolée. Il tira sur les rênes de sa monture et suivit leur direction.

Quand il entra dans la maison vide, une odeur de poudre lui monta au nez. Trois hommes gisaient au sol, leurs équipements indiquaient des mercenaires. Plus loin, il remarqua des taches de sang frais et de la suie venant de la cheminée. Il passa sa tête dans le conduit et remarqua des traces de glissade. Il pensa :

« Décidément, vicomte, à ce rythme-là, vous serez le prochain à avoir besoin des services de Jafr Al Ser ! »

Il suivit ses traces jusqu'à ce qu'elles se confondent avec les sabots d'un cheval. William blessé, la lutte pour la Pierre Pourpre tournait à son avantage, mais il fallait agir vite. Mort, il ne lui servirait à rien.

Plus loin, William prenait du repos. Il avait poursuivi

sans relâche les cavaliers et profitait de leur halte pour récupérer un peu. Son épaule le lançait terriblement. Il releva la compresse réalisée à la va-vite et observa son bras. La couleur de sa plaie ne laissait pas de doute, la blessure s'aggravait. En dépit du froid qui lui mordait la peau, William transpirait à grosses gouttes. La fièvre lui plomberait bientôt les jambes et si la chance ne lui souriait pas, il risquait de perdre son bras. Il se résolut à en finir rapidement car bientôt il n'aurait même plus la force de rester debout et il devrait abandonner. C'était ce soir ou jamais.

Quand il entendit le hennissement des chevaux, l'espoir revint. Les mercenaires qui encadraient le carrosse depuis le départ se préparaient à partir. Épuisé, il décida de se reposer en attendant que la nuit tombe et que les hommes qui restaient, s'endorment. Il n'eut pas le temps de réfléchir que la fièvre le terrassa. Ses paupières se fermèrent lourdement.

Soudain, son instinct le réveilla. D'un geste, il brandit son mousquet et menaça l'homme qui se tenait face à lui. William reconnut immédiatement l'Ottoman. Kalam lança les hostilités :

« Eh bien, vous avez le geste léger, vicomte ! Remarquez, quand on se jette dans la gueule du loup aussi souvent que vous, c'est préférable. Vous pouvez baisser votre arme, je suis là en ami. »

Par réflexe, William porta la main à sa veste et s'assura de bien sentir la pierre dans sa poche. Kalam ne rata rien de son geste et devina immédiatement la cachette. Le vicomte s'assit rapidement, toujours en le menaçant :

« En ami ? Il me semble que la dernière fois, vous me menaciez de votre épée.

– Vous êtes si dur en affaire, que vous ne m'avez pas laissé le choix. Toutefois, vous en oubliez l'essentiel :

nous sommes dans le même camp. » Kalam marqua une pause. « Vous n'êtes pas très en forme. Laissez-moi voir votre blessure, j'ai quelques talents…

– Allons, garde tes bonnes intentions pour un autre. Je sais ce que tu veux, la Pierre du Nécromancien !

– Même blessé, il vous faut mordre. Ainsi nous en sommes au tutoiement. Cela me convient bien. Ce que tu nommes Pierre est loin d'en être une. Ton arrogance te pousse à croire que tu pourras l'emporter par la force ou l'intelligence, mais c'est totalement faux. Tu ignores tout de ce contre quoi tu te bats. Dois-je te rappeler le moulin de Silkwater ? Sans moi et mon maître, vous seriez tous morts et un démon roderait dans la nature. Tu n'es pas de taille. »

La curiosité de William prit le pas sur la sensation de danger. Le vicomte observa Kalam, bien décidé à en apprendre davantage. « Qui es-tu Kalam ? Je veux dire réellement ?

– Je pense que tu mérites effectivement de le savoir. Je m'appelle Kalam, disciple d'Abdülhamid. Je suis un chasseur. Mon rôle est de veiller à ce que Jafr Al Ser ne puisse jamais revenir d'entre les morts. C'est le Né-cromancien originel, le premier d'entre eux. Lui seul détient les secrets de la vie et de la mort. L'homme que nous avons combattu était un de ses descendants.

Depuis la disparition de leur maître, les fidèles de Jafr Al Ser tentent par tous les moyens d'accomplir leur dessein : ramener Jafr Al Ser et faire de lui le roi des mondes comme l'indique la prophétie. Cependant, seul un de ses descendants pourrait accomplir un tel acte. Comme le dernier descendant mange la poussière à Silkwater, la lignée de Jafr Al Ser s'est arrêtée avec lui. »

William l'écoutait attentivement. Il avait bien compris le fond du problème mais l'entendre résumer ainsi, le rassura ; il n'était pas fou. Il tenta de reprendre la discussion.

« Il n'a pas eu d'enfants ?

– Il faut des jumeaux. Les Nécromanciens naissent toujours par deux. C'est ainsi. Seul l'aîné possède les pouvoirs, l'autre ne sert que d'appât. L'homme que tu as tué était le dernier. » William, fasciné malgré lui, demanda :

« Mais qui sont ceux qui le servent ? Que faisait le pasteur Stricting dans cette affaire ?

– Pourquoi chercher à savoir ? Sache qu'ils sont beaucoup plus nombreux que tu ne le penses. J'imagine que le pasteur était un des Ervadas. Ce sont des serviteurs initiés à l'Antique Doctrine. Ils sont les bras droits du seigneur Jafr Al Ser. Leur dévotion sans limite leur donne des privilèges accordés par le maître, des pouvoirs. »

Cette phrase fit frissonner William. Il n'avait jamais envisagé que ses ennemis puissent être aussi hiérarchisés et organisés. Même si Charity Cross aurait dû le mettre sur la voie. Kalam le regarda :

« Cependant, je m'interroge. Peux-tu me dire, pourquoi ils s'intéressent tant à toi ? On ne peut pas vivre dans un nid de frelons sans se faire piquer ! À moins d'être frelon soi-même, bien entendu. Pourquoi es-tu encore en vie ?

– Je ne comprends ni ne goûte tes insinuations ! Mon père est mort piqué par un de ces frelons comme tu dis ! »

Kalam reprit d'une voix calme :

« Alors, explique-moi ce que faisait l'homme à la robe de bure noire dans tes bois. Pourquoi a-t-il pris la peine de fomenter une révolte ? Il aurait été bien plus simple de t'abattre d'une balle ou de t'empoisonner !

– Je… Je ne le sais pas. » Mentit William, qui ne voulait pas mentionner l'existence des reliques.

« J'ai bien du mal à te croire », reprit Kalam. « Ils veulent quelque chose de toi, mais quoi ? Depuis longtemps cette question me trotte dans la tête et depuis peu, je crois avoir trouvé une réponse. Ils te surveillent. As-tu déjà entendu parler des reliques de Jafr Al Ser ? Elles ont disparu il y a bien longtemps. C'est une vieille histoire très connue, qui marque l'apogée des chasseurs. Un jour, apparut dans le ciel, la météorite prophétique. Ce fut le signe que la résurrection approchait. Les Nécromanciens tentèrent de la localiser, car, de cet endroit seulement, ils pourraient ramener les reliques de Jafr Al Ser à la vie. En faisant route toujours vers l'ouest, ils finirent par atteindre l'Angleterre et, de là, explorèrent, en vain, les îles du nord. Après des années de recherche, l'un d'entre eux parvint, grâce à une machine, à localiser la météorite. Le monde était à nouveau sur le point de basculer. Les Nécromanciens rassemblèrent alors les symboles du pouvoir : La Pierre Pourpre, les reliques du maître c'est-à-dire un reste d'os et une fiole contenant sa vie. Ils voulurent déclencher la grande migration, mais les chasseurs toujours aux aguets, réunirent leur force et parvinrent à les défaire à l'occasion d'une bataille sanglante, ici, en Angleterre. La bataille fut meurtrière pour les deux camps, mais à la fin, il ne subsistait plus rien des Nécromanciens présents. La Pierre Pourpre et les reliques en leur possession, les chasseurs décidèrent de se séparer, regagnant l'anonymat. C'est ainsi que la Pierre Pourpre et les reliques disparurent de la surface de la terre. La Pierre Pourpre devint l'héritage de mon mentor Abdülhamid et les reliques, celles des chasseurs d'occident. À leur retour, le bateau de l'occident fit naufrage et nous les crûmes disparues dans les abîmes à tout jamais. Qu'en penses-tu ? »

Bien qu'en proie à de terribles douleurs, William écoutait avec attention. Enfin, il connaissait l'origine de ces fichues reliques qui avaient coûté la vie à son père. Effectivement, c'était loin d'être celles d'un saint ! Voilà pourquoi elles avaient toujours été tenues secrètes. Le mystère familial s'élucidait un peu. Pour autant, il ne laisserait pas ces reliques tomber entre de mauvaises mains. L'homme qui se présentait à lui sous le nom de Kalam semblait sincère, mais William se méfiait, sentant que cet homme travaillait pour sa cause et uniquement sa cause. Il sentit le poids de la Pierre Pourpre dans sa poche. William se contenta de lui répondre :

« Ton histoire est passionnante. Mais, je ne vois pas de quoi tu parles. »

Kalam esquissa un sourire moqueur et comprit qu'il avait vu juste. Les reliques étaient sorties de l'oubli. Cela signifiait que William possédait le sang de Jafr Al Ser et un de ses os. Jafr Al Ser avait bel et bien été sur le point de revenir ! Il frémit à cette pensée et son regard se mit à briller :

« Maintenant que le dernier Nécromancien est mort, je te demande de me faire confiance. Tu ne peux pas garder cela pour toi, cette lutte n'est pas la tienne. Depuis des milliers d'années que nous combattons Jafr Al Ser, les chasseurs ont juste réussi à repousser l'inéluctable. Les textes parlent d'une prophétie et les prophéties se réalisent toujours. La période de paix que nous avons connue nous a fait baisser la garde. De la multitude que nous étions, il ne reste plus que moi… Jafr Al Ser est rusé. Durant près de mille ans, il s'est fait oublier des hommes. Aujourd'hui, avec son dernier descendant mort, il pense que nous relâcherons complètement notre attention. Il se peut qu'il prépare déjà quelque chose. Tôt ou tard, un de ses serviteurs tentera encore une fois l'impossible pour le ressusciter et notre monde vacillera de nouveau. Inch Allah ! »

S'il disait vrai, alors le combat de Silkwater dépassait de loin celui pour le sauvetage d'un homme. Il repensa aux éclairs verts et su que son interlocuteur ne mentait pas. Cependant, au lieu de savourer sa victoire, le chasseur tentait de récupérer la pierre et les reliques. Il devait sentir que la partie n'était pas terminée… William comprit l'origine de ses doutes :

« Tu penses à la sœur du Nécromancien, et tu as peur de sa descendance. »

Kalam marqua un mouvement de recul. Comment William savait-il cela alors qu'il ignorait le nom même du sorcier ? William n'avait pas l'air de bluffer. Il demanda d'où il tenait ce renseignement. La réponse fusa :

« Le Nécromancien en a parlé. Il a mentionné un prénom, Gregor, et a réclamé sa sœur. Je sais que tu connais son nom ! »

Kalam accroupi, se releva d'un bond et se mit à faire les cent pas. Visiblement, cet homme ne lâcherait pas l'affaire. Il dit calmement :

« Les reliques, les Nécromanciens… Tu ne cherches rien de tout cela. Ton but est la vengeance. Combien de tes amis es-tu prêt à perdre pour cela ? Trop de vie déjà ont été sacrifiées. La mort du prêtre ne te suffit pas ? Restitue-moi la Pierre pourpre, et fais en sorte que les reliques finissent dans les mains des chasseurs. Ensuite, rentre chez toi, oublie ce que tu sais et vis heureux.

– Les hommes, qui ont organisé tout ceci méritent d'être punis. Ils devront payer pour mon père, pour mon manoir, ainsi que pour Cat et Abraham ! Je ne suis pas de la race de ceux qui abandonnent. Tu prodigues conseils et sagesse, mais tu parles de destin et de prophétie. Nous savons tous les deux que nous irons jusqu'au bout de cette histoire… Et tant pis pour ce que nous y trouverons. Maintenant, puisque tu me la refuses, je me passerai de ton aide. Juste derrière cette bute, il y a le nom de la femme que je recherche !

– Tu es vraiment têtu. Tu transpires à grosses gouttes, tu perds ton sang, tu n'as plus qu'un bras… J'aurais pu te désarmer il y a longtemps ! Tu n'as même pas remarqué que tes cibles ont fui. Elles sont parties à la tombée de la nuit, déguisées en mercenaires. Regarde ! Le feu, la sentinelle. Tu ne comprends pas que c'est un piège ? Ils t'attendent ! Et je ne te laisserai pas leur livrer la pierre !

– Piège ou pas, cela ne change rien. L'un d'eux connaît peut-être le nom de la femme que tu me refuses.

– Comment ça ? » Kalam comprenait maintenant que William avait un autre plan en tête. « Tu comptes faire des prisonniers ? Dans ton état ! »

William se renfrogna et posa sa main sur le pommeau de son mousquet. Comme la dernière fois, la conversation tournait au vinaigre. Kalam hésitait encore sur la conduite à tenir. Sa moralité l'empêchait de prendre la pierre de force, mais l'attitude du vicomte l'exaspérait. Il commençait à se demander si le vicomte ne méritait pas une petite correction, il soupira :

« Tu ne me laisses pas le choix, je vais t'aider. A deux nous aurons peut-être une chance… En signe de bonne volonté, je pourrais commencer par te soigner. Montre-moi cette épaule. J'ai un onguent sur moi, je peux te l'appliquer. »

William continuait de menacer Kalam de son bras valide, pendant que ce dernier lui soignait la plaie : « Elle n'est pas très belle, mais tu t'en remettras. Voilà, je le prépare. Attention ça risque de piquer.

– Aïe !!! » cria William.

« Je t'ai prévenu… Bien, c'est fait. Tu vois ? »

William inspecta le pansement. Son épaule ne le faisait presque plus souffrir. Il se sentait mieux.

« Je te remercie.

– Je ne l'ai pas fait pour toi mais pour la pierre. Au fait qu'as-tu dans la poche ? »

La réponse de William ne se fit pas attendre. Il pointa son mousquet :

« Ce n'est même pas la peine d'y penser !

– Très bien, alors tu me seras quitte pour deux services. D'une part je t'ai soigné, d'autre part, je vais te sauver la vie… »

William grimaça en tentant de se lever :

« Je crois qu'il est encore trop tôt pour l'affirmer », dit-il, en soupirant de douleur.

« Je ne parle jamais au hasard. Ton bras te fait encore souffrir ? »

William s'aperçut soudain que ses membres s'engourdissaient au point de s'immobiliser. Kalam vit la panique dans les yeux du vicomte et le rassura :

« Ne t'inquiète pas, l'onguent est très efficace, mais je t'ai piqué avec un sédatif. Oublie toute cette histoire et surtout ne refuse pas l'aide qu'on t'apportera. C'est mieux ainsi. »

William perdit connaissance. Kalam prit la bourse en cuir dans la veste du vicomte et afficha un sourire de satisfaction. Il se hâta. Il ne voulait pas être là quand le vicomte émergerait.

Quand William se réveilla, son épaule allait mieux. Instinctivement, il plaça sa main dans la poche et sentit que la pierre avait disparu. On ne pouvait pas faire confiance à un Ottoman ! Puis il se mit à éclater de rire. Les Anglais ne valaient pas mieux ! Il avait bien fait de cacher la Pierre Pourpre dans la cheminée de la maison abandonnée. La bourse que Kalam avait volée ne contenait qu'un pauvre caillou. Il avait eu l'idée de l'échange quand il avait entendu les mercenaires arriver. Son épaule encore engourdie, il se leva et observa le camp : Tout le monde avait disparu. Il comprit que Kalam lui avait sans doute sauvé la vie.

William sourit, il venait une fois de plus de s'en tirer à bon compte.

L'Ordre des peines

Chambre d'Eleanor, le jour du retour d'Eleanor

Quand il poussa la porte de la chambre de son épouse, Thomas grommelait encore. Si le chantier d'installation de la sphère Armillaire se déroulait bien, le courrier qu'il avait reçu plus tôt dans la journée lui laissait un goût amer. Suite aux péripéties de son poulain à travers le pays, lui, lord Gordon-Holles était sommé de venir s'expliquer à Londres. La petite compagnie d'infanterie des Highlands avait suivi son galopant major, provoquant la stupéfaction et l'indignation des nobles que le vicomte avait négligemment oubliés de prévenir. Thomas ne décolérait pas. À cause de cet impair le plus évitable du monde, il allait devoir expliquer le pourquoi du comment. Il cherchait désespérément une formule élégante pour répondre à leurs questions, à commencer par expliquer la nomination de William à la tête de cette compagnie. Il souffla bruyamment et d'un geste brusque referma la porte. Il comptait bien profiter du retour de son épouse pour vider son sac. Sans prendre garde à l'attitude d'Eleanor, il déversa son mécontentement au sujet de cet allié trop virevoltant.

Sans dire un mot, Eleanor écouta la première tirade de son mari. Dos à la scène, elle fixait son miroir en se brossant machinalement les cheveux. Thomas vociféra de nouveau. Malgré les acquiescements qu'elle lui octroyait, Thomas comprit rapidement que quelque chose ne tournait pas rond.

Lorsque Eleanor brossait ses cheveux en silence, c'était le signe que quelque chose n'allait pas. Il s'assit sur le rebord du lit et l'observa religieusement, sans bruit. À mesure que ses cheveux roux se balançaient, il contempla le mouvement harmonieux de ses mains, geste inlassablement répété. Il imagina un instant que la brosse était magique et qu'elle libérait toute la peine emprisonnée dans sa chevelure. Eleanor ne démêlait pas ses cheveux mais son âme.

Il aimait sa femme de tout son cœur mais cela n'était pas toujours facile. L'allure altière, le visage plus poli qu'une statue, les yeux perçants, elle possédait une arme avec laquelle il était illusoire d'espérer rivaliser. Une arme si fragile, que ne pas la respecter exposait l'indélicat à la honte du sacrilège. Même le plus grand des rois ne pouvait rien face à tant de dignité parfaite. Si Eleanor se présentait comme son épouse, lui avait toujours su qu'il n'en était rien. Eleanor appartenait à quelqu'un, mais pas à lui. Et il détestait les moments comme ce soir où elle le lui rappelait.

Le cœur gros, il compta les fois où, de retour de ses escapades champêtres, elle passait la nuit devant son miroir à méditer. Un mot inventé pour éviter d'expliquer les véritables raisons de sa tristesse. Il aurait aimé la combler, il n'y était jamais parvenu.

Pourtant, il était riche, pourtant il n'était pas vilain homme, pourtant... pourtant elle ne l'aimait pas, vraiment, complètement. Dans les affaires de cœur, tout est une question de choix de mots. Ne pas aimer, brise le cœur. Ne pas aimer vraiment, attriste. Ne pas aimer vraiment complètement, donne l'air d'être exigeant et de ne pas savoir se satisfaire de ce que l'on possède. Ce soir, comme tous les autres avant celui-ci, il n'avait pas le courage d'ôter plus d'un mot à sa phrase. Quand il vit une larme tomber sur sa joue rose, il dut reconnaître l'évidence. Son futile énervement du soir laissa place à l'abattement le plus noir.

En se levant du lit, il croisa son propre reflet dans le miroir. Son esprit s'étonna de se voir ainsi. À qui étaient ces joues flasques, cette peau ridée, blafarde et cette dentition imparfaite ? Certainement pas à lui ! Dans ses souvenirs, chaque chose était bien à sa place et bien faite. Il ne se reconnaissait pas… Il voulut hurler à l'injustice. Qu'on lui rende sa jeunesse et ses années mortes ! Qu'on enlève ce malfrat qui se faisait passer pour son reflet… Mais son esprit lui souffla la réponse qu'il savait déjà : « C'est bien toi. » Le temps avait passé.

Il se sentait encore jeune homme mais déjà, ce miroir au reflet ingrat lui indiquait le contraire. À passer ses journées les yeux plongés dans le regard de sa femme, il en avait presque oublié son âge. Alors, comme on part puiser un peu d'eau pour se rafraîchir, il plongea chercher un reste d'espoir dans l'iris clair d'Eleanor, ne serait-ce qu'un misérable résidu de rêve qui aurait échappé au piège du temps et, à tout prendre, tant pis s'il était faux… Dans les yeux d'Eleanor tout était possible. Il possédait ce privilège, ce fardeau.

Il passa les mains sur les joues de son épouse et sécha ses larmes. Thomas avait le sens du devoir et des responsabilités. Il n'était pas n'importe qui. Pourtant, les larmes de son épouse lui faisaient toucher du bout des doigts toute l'impuissance de l'homme. Ce soir et tant qu'il en aurait la force, il combattrait la tristesse, cette ennemie du genre humain, et il la terrasserait à tout jamais. Pandore ne triompherait pas d'un Gordon-Holles, pas sans combat. Décidé, il se leva affronter son destin. Il allait lui dire ce qu'il avait sur le cœur depuis ces longues années. Il oserait lui demander ce qu'il n'avait jamais pu : pourquoi ses sorties si soudaines, pourquoi ses absences incompréhensibles ? Il lui tiendrait les épaules et la forcerait à lui dire la vérité en la regardant en face. Mieux valait mourir d'un coup que souffrir sans espoir de guérison.

Il s'approcha et lui toucha le cou. Eleanor, imperturbable, ne bougea pas. Il prit une grande inspiration et dit au revoir à toutes ces années de mensonge. Il ouvrit la bouche mais rien ne sortit. Soudain Eleanor avait posé sa main sur la sienne et elle le fixait, les yeux clairs et brillants de larmes. Son courage s'évanouit en un instant. Il succomba de nouveau à ce doux vertige du mensonge. La lâcheté l'appelait de sa voix amicale et perfide, elle l'attirait dans ce méandre de non-dits et de faux semblants. La chute serait plus douce qu'un oreiller de plume.

Le mensonge n'était pas digne de lui. Il commença par raconter une histoire inventée de toutes pièces : Il s'agissait de la vie d'un marquis anglais vieillissant et de sa belle épouse. Intérieurement, il regrettait son allégorie cousue de fil blanc, mais à la guerre comme à la guerre. Il poursuivit son histoire ; il était trop tard pour reculer. Le marquis donc, était parvenu au bout de ce qu'il espérait. Ayant réussi sa vie, il attendait paisiblement que la mort vienne le cueillir au fond de sa vieillesse. Sa femme, encore jeune et belle, avait encore ce besoin naturel de plaire et de se sentir vivante. Les années les avaient séparés. Le marquis était triste, mais il comprenait que le cœur de sa femme lui échappait et que la vie reprenait ses droits. Il était trop tard, le temps d'avant ne reviendrait plus, jamais. Thomas termina son histoire en disant que pour son plus grand malheur, la voir souffrir lui brisait le cœur autant que de la perdre. À présent, il parlait de lui-même. Ne parvenant à choisir une issue, il décida de couper son cœur en deux. Il préférait une moitié bien vivante à un cœur abîmé. En échange de son sourire, il lui autoriserait à fréquenter d'autres personnes, tant que celles-ci fussent convenables et discrètes. Il espérait, par ce choix, faire revenir l'harmonie dans son reste de demi-vie.

Entre deux sanglots, Eleanor lui jetait des regards interloqués. Elle le fixa, étonnée, lui disant que son chagrin ne venait pas de là. Comment avait-il pu penser qu'elle, Eleanor…

En guise de réponse, elle lui tendit une boite à chapeau. Circonspect, Thomas saisit l'objet que son épouse lui tendait. Son poids le surprit. Quand il l'ouvrit, il eut un bond de stupeur et d'écœurement. Les bras en avant, il éloigna de son regard le réceptacle :

« Bon sang ! Mais tu es folle ! C'est dégoûtant ! Que fait le corps de cette bête dans cette boite ?

– C'est Capuche, le petit chat de ta fille Sarah ! »

Thomas replaça la boite devant les yeux :

« Ah… C'est exact… Mais que lui est-il arrivé ? Il est tout sec et tout plat ! On dirait que… »

Eleanor compléta sa phrase du bout des lèvres :

« Toute vie lui a été retirée…

– C'est cela… Allons ne t'inquiète pas, nous en trouverons un autre. Je n'imaginais pas que cela puisse te faire cet effet…

– Je suis désolé, je n'arrive pas à supporter la peine de mes enfants.

– Mon amour… Quel fardeau ce doit être de posséder un si grand cœur que le tien ! »

Thomas resta un moment à contempler le cadavre de la pauvre bête. Il se demandait ce qui avait bien pu causer un tel carnage. Quand il referma la boite, il était soulagé. Ce n'était qu'une histoire de chat mort. Mais qu'est ce qui lui avait pris de penser à de telles choses ?

Il se rapprocha d'elle et lui embrassa maladroitement la tête. Eleanor fit semblant de s'offenser de ses précédentes remarques et Thomas s'excusa platement, en la serrant dans ses bras. Il était de nouveau jeune et amoureux.

Eleanor, elle, pensait aux raisons et aux conséquences de la mort du chaton. Elle savait pertinemment que ce résultat était l'œuvre d'un pouvoir ancestral. Elle pensa à Sarah. Si le jeune Giacomo s'en était sorti indemne en apparence, Capuche, le petit, chat avait eu moins de chance…

Elle sentit une larme quitter sa paupière et glisser lentement le long de sa joue. Tout au long de sa chute, la petite bulle d'eau s'imprégna des émotions d'Eleanor. Il y eut d'abord, Marcus, son frère qu'elle aimait tant. Elle repensa à la vision de son corps meurtri, presque méconnaissable, dans son cercueil. Soudain, les parfums oubliés de l'île de Warth lui emplirent les narines et elle regretta cet endroit froid comme la mort. Surgissant du néant, elle repensa à son accouchement et à sa fille Sarah. Cette enfant si difficile à mettre au monde : elle avait perdu connaissance de douleur et Gregor, qui maîtrisait la science des potions, avait dû intervenir et lui ouvrir le ventre pour sauver la petite… Elle avait été inconsciente plusieurs jours. Puis, son cœur s'attacha aux yeux d'Erik. Depuis l'enfance, il ne l'avait jamais trahi. Il suffisait d'un regard de sa part pour qu'elle se sente ébranlée, mise à nu. Le monde pouvait la juger, la condamner pour ses mensonges et ses crimes adultères, elle s'en moquait éperdument, mais qu'Erik s'oppose à elle… C'était autre chose.

Le petit chat dans la boite était bien plus qu'un mauvais présage, c'était une rupture. Erik l'avait prévenu, il ne voulait pas de cette vie pour sa fille. Comment lui en vouloir ? Mais surtout, comment s'en détourner ? Elle savait qu'elle ne pourrait jamais le convaincre que les hommes n'étaient rien face à la volonté de Jafr Al Ser. Sarah devrait suivre la voie des siens et bientôt quitter le château. Erik ne le supporterait jamais. Il empêcherait par tous les moyens que sa fille suive la trajectoire morbide de Marcus… Pourtant, elle n'avait pas le choix. C'était ainsi. Quand sa larme toucha le sol, elle explosa en une multitude de constellations. Elle comprit que rien ne serait plus comme avant, elle comprit qu'elle était seule. Sentant sa tristesse, Thomas la serra davantage.

Le cœur brisé et les yeux lourds, elle regarda l'alliance qu'Erik lui avait offerte il y a bien longtemps. Avec cette bague qui représentait un cercle sans fin, symbole de la vie éternelle, il lui avait juré un amour indéfectible, un amour capable de triompher de tous les obstacles. Ils étaient jeunes alors, ils n'avaient pas d'enfants. Elle la glissa dans un tiroir et se promit de l'oublier. Comme une louve, elle protégerait sa progéniture des hommes et de leur violence. Le choix entre Erik et la vie de sa fille ne souffrait pas de débat. Il la détesterait pour ce qu'elle s'apprêtait à faire et elle l'assumait dans les larmes.

Elle se nommait Eleanor Mac Bain, la sœur du dernier Nécromancien, et dans ses veines et celles d'une de ses filles, coulait le sang de Jafr Al Ser.

-84-
Le Mort qui ne l'était plus

Gaverburry, quelques jours plus tard.

Dans l'espoir de retrouver leur joie de vivre, Finch, La Mèche et La Touffe décidèrent de rejoindre leur camarade Abraham en convalescence. Pour cela, ils s'étaient donné rendez-vous au relai de Gaverburry, où les poutres en bois affichaient encore fièrement les impacts des lames des couteaux de Finch, même si cet épisode joyeux leur semblait bien loin. Depuis la mort de Cat, les compagnons de fortune se sentaient boiteux et Abraham affichait un regard bourré de culpabilité. Quelquefois, les vainqueurs aussi ont du mal à digérer la bataille. Finalement, Finch ouvrit le bal :

« Tu sais, ce n'est pas de ta faute, c'est l'Ottoman qui a trahi Cat. D'ailleurs, tu as bien failli y rester toi aussi !

– Et moi aussi ! » fit La Mèche.

« Et moi aussi ! » dit La Touffe.

« Toi aussi ? Tu étais dans les jupes du capitaine quand nous, on affrontait un démon surgi des enfers ! » lança Finch.

« Et les loups ! Tu les oublies un peu vite les loups !

– Les loups ! Mais c'est moi qui les ai pourfendus ! Ils ressemblaient aux gardiens de la porte du purgatoire. Finch les a fauchés comme l'herbe sèche d'un soir d'été !

– Il parle de lui à la troisième personne maintenant ? » demanda La Touffe.

Abraham les regarda, et trinqua :

« Je vous remercie de ce que vous avez fait pour moi. Maintenant, on est frère d'armes.

– Oui, et avec le marquis aussi ! Il est chouette William.

– Vicomte ! Il est vicomte ! »

Abraham grommela.

« Ouais… je préfère ne pas en parler !

– Je t'assure ! Il a fait le maximum, on n'a quasiment pas dormi !

– Ni manger ! Et tu es toujours en vie », ajouta La Touffe.

Abraham se retourna vers Finch avec un regard vide :

« En vie ? Non… Je ne suis plus mort.

– Eh ben, pas mort, c'est en vie, non ?

– Ressuscité comme le Christ ! » ajouta La Mèche.

Abraham le fusilla du regard, pendant que La Touffe se moquait de la remarque du malheureux. La Mèche finit par se confondre en explications et retourna à sa bière, le visage rouge de honte. Abraham murmura :

« Non, pas comme le Christ ! Moi je ne suis pas complètement revenu. Je me sens différent. Et puis j'ai vu des choses… ressenti des choses. Quelquefois, c'est comme si quelqu'un entrait dans ma tête. Je n'ose plus dormir. Je crois que je suis maudit.

– Allons ! Tu t'en fais pour rien. Profite de la vie qu'on t'a donnée, c'est rare d'avoir autant de chance ! T'es un veinard !

– Et si je te disais que t'allais finir par crever la gueule grande ouverte dans cette taverne, t'en dirais quoi, La Touffe ? »

La Touffe ne répondit pas et s'en alla à la contemplation de ses chaussures, qu'il aurait jurées mieux cirées. Il croisa le regard de La Mèche qui lui tapa sur l'épaule en lui adressant un clin d'œil.

Finch renchérit.

« T'énerve pas ! Si tu es maudit, demande à Carmen,

je suis certain qu'elle peut t'arranger ça ! Elle est super douée pour tous ces trucs Mégapsioniques.

– Métapsychiques ! » corrigea La Touffe. « On dit Métapsychique. En plus, depuis qu'elle t'a guéri, vous semblez bien vous apprécier !

– S'occuper de quelqu'un plusieurs semaines, ça crée des liens !

– Bah, oui, forcément ! Surtout dans une roulotte. Il n'y a pas beaucoup d'espace, alors on se croise souvent. On peut bavarder.

– Il faut faire comme dans les bateaux. Tu mets les objets les uns dans les autres », dit la Touffe en mimant le geste avec ses mains. « Ils prennent moins de place ! »

Le teint de Finch vira au rouge, sous les ricanements de La Mèche et La Touffe. Agacé, il croisa les bras et se mit à se balancer sur sa chaise. La Touffe en rajouta une couche.

« Nous on est super contents de te voir, mais celui qui insistait le plus pour venir, c'était Finch ! On se demandait même s'il ne surveillait pas un peu sa mère...

– N'importe quoi ! » répondit Finch en haussant les épaules. « Je ne surveille pas ma mère... Elle fait ce qu'elle veut ! »

Alors que les moqueries cessaient par respect pour Carmen, le géant eut un rictus amer :

« William ne m'a même pas accompagné, je ne vois pas pourquoi, il s'inquiéterait de mon sort. » La Mèche s'étonna :

« Quoi ? C'est pour ça que tu lui en veux ?

– Depuis notre retour, je ne l'ai pas revu, j'ai failli y passer, par la Sainte Nitouche ! »

Finch demanda poliment :

« Mais c'est qui celle-là ? » La Mèche lui coupa la parole, en levant les yeux au ciel, puis se retourna vers

Abraham.

« À mon avis, c'est plutôt pour lui qu'on devrait s'inquiéter. Après tout, toi, tu étais entre de bonnes mains. »

Abraham grogne :

« Mouais… Je préfère ne pas en parler. »

La Mèche le rabroua :

« Fais comme tu veux, mais je te trouve injuste. C'est peut-être pour ça que tu fais des cauchemars d'ailleurs. Tu sais quoi ? Même si tu vas mieux, je crois qu'il faut que tu en parles à Carmen. »

Finch intervint d'un air très sérieux : « Ne t'inquiète pas, je t'accompagnerai.

– Pourquoi faire ? » répondit le géant. « Je t'assure que je retrouverai mon chemin.

– Ah ça c'est sûr ! Il connaît le chemin ! » dit la Touffe en pouffant.

« Allez, de toute façon je te suis ! J'ai quand même le droit de voir ma mère. »

Près du chariot de Carmen, Finch était assis autour du feu avec La Touffe et La Mèche qui avaient également ment fini par s'incruster. Tous attendaient la fin des opérations. À l'intérieur, Carmen inspectait la carcasse du géant, installé sur le lit de bois. La plus petite parcelle de peau passait sous les mains expertes de la gitane. Elle parcourait le corps d'Abraham avec une agilité déconcertante. Elle l'observait d'un air soucieux. Puis, elle se colla tout contre son corps et se mit à respirer au rythme de ses poumons, les mains placées sur son torse. Abraham voulut parler, mais elle le fit taire en posant ses doigts sur ses lèvres. Elle se plaça à califourchon sur son bassin et lui releva la tête en arrière pour mieux voir la cicatrice.

La blessure était encore fraîche, presque vivante. L'entaille parcourait l'intégralité de la gorge, et la peau qui l'entourait était boursouflée. Carmen dit doucement :

« Que me caches-tu ? » Les yeux d'Abraham se baissèrent.

« Rien, je t'assure…

– Rien ? Vraiment ? »

Puis elle reprit son inspection.

« J'ai quelquefois l'impression que tu n'es pas seul. Comme une connexion… »

Le géant s'inquiéta :

« Une connexion ?

– Chut, ne parle pas. Laisse-moi deviner, je préfère. »

Alors qu'Abraham, gêné, voulut répondre, un autre chut vint lui couper la parole. Mais enfin, comment pensait-on pouvoir le soigner s'il ne parlait pas ? Mais déjà Carmen était repartie fouiller dans un de ses tiroirs. Elle réapparut avec une grande plume qui appartenait sans doute à un oiseau de proie. À sa vue, Abraham frémit. Cela lui rappelait la plume d'argent de ce satané pasteur. Il eut un mouvement de recul qu'elle retint par la main. Elle comprit que ce n'était pas la première fois qu'il en voyait une. Carmen frotta le cartilage dans un bol de terre blanche, où une mixture verte attendait d'être remuée. Elle retourna s'asseoir sur le bassin d'Abraham et lui saisit la tête à pleine main :

« N'aie pas peur.

– Mais… Je n'ai pas peur… » mentit Abraham.

Carmen sourit, et griffa son torse brusquement avec le tuyau de la plume. Un léger saignement s'échappa du trait. Le géant ne broncha pas et répondit d'un aïe provocateur. Le sang qui coulait devenait noir. Carmen s'approcha, sa respiration tout contre la sienne, et écouta son cœur.

« Ça va ? » demanda Abraham un peu inquiet. Elle

ne répondit pas.

Elle goûta le sang qui s'écoula et le cracha au sol comme on souffle un pépin de raisin. Carmen serra ses jambes contre le bassin du géant, collant ainsi les deux corps l'un contre l'autre. Abraham se demanda combien de temps il pourrait tenir sans le moindre mouvement. Cependant, il n'eut pas besoin de se concentrer très longtemps, d'un geste brusque elle lui planta la plume dans le torse, à l'endroit du cœur. Le géant poussa un soupir de surprise et de douleur. Un nuage de fièvre verte s'empara de lui.

Quand il reprit conscience, Carmen était en train de ranger ses outils. Il se sentait étrangement bien, comme délesté d'un énorme fardeau. Il se leva et la remercia. Elle le regarda de son œil perçant :

« Inutile de me remercier. Je ne peux pas tout. »

Le visage du géant s'assombrit.

« Pourtant, je me sens bien mieux.

– Je sais, mais la magie qui t'a touché est puissante, étrange, telle une étoile noire.

– Tu veux dire que je suis maudit ?

– Non, mais ton destin n'est plus celui d'un homme. »

Il blêmit :

« Que veux-tu dire ?

– L'Abraham que j'ai connu n'est plus. Tu es différent, plus grave, plus torturé. Ta force est revenue, mais tu es plus fragile. Cette magie est particulière, on dirait de la magie noire, mais elle dégage une puissance bienveillante. Je m'y perds. On dirait que ce sort te lie à quelqu'un. Peut-être que si tu me disais comment tu as survécu… est-ce de Sarah Gordon-Holles, dont tu as parlé ? Tu as fait des rêves agités. »

Abraham s'assombrit et son regard devint perçant.

« Mes rêves ne regardent que moi !

– Vous êtes peut-être deux à les partager. Pourquoi Sarah ? Je sais que cette petite est spéciale, mais qu'a-t-elle fait pour toi ?

– Ça suffit, femme. Je te remercie mais le reste me regarde. » Il se leva pour sortir de la roulotte.

À l'extérieur, La Touffe et La Mèche observaient de près les vibrations de la roulotte de Carmen, sous l'œil noir de Finch.

« Dis, Finch ! Tu trouves ça normal qu'elle bouge comme ça la roulotte ?

– Je vous ai dit que ma mère gérait sa vie comme elle l'entendait !

– En tout cas, ça bouge drôlement. »

Finch finit par perdre patience et lança un couteau qui se planta devant le nez de La Touffe.

Il se calma quand il aperçut William qui arrivait doucement, se tenant tant bien que mal sur son cheval, blanc comme un linge.

« Ça alors, William, On ne vous attendait plus !

– Comme quoi, il ne faut jurer de rien », répondit le vicomte.

« Mais ! Qu'est-ce qui vous arrive ?

– Rien… ça va. Venez, aidez-moi. »

La Touffe attrapa les rênes, le vicomte demanda.

« Carmen est à l'intérieur ?

– Oui ! Avec Abraham », gloussa La Mèche.

William dit qu'il comptait également profiter de ses services, ce qui donna l'occasion à Finch de lancer son deuxième couteau.

Le vicomte entra dans la roulotte sans frapper. Il surprit Abraham en train de discuter avec Carmen tout contre elle :

« Eh bien pour un mort, je trouve que tu as bonne mine ! » lança William.

« Je ne te retourne pas le compliment, qu'est-ce qui t'arrive ?

– Rien de bien grave, une balle dans l'épaule, des blessures aux côtes, des contusions multiples, de la fièvre et j'ai faim… Je crois que je vais m'asseoir un peu. »

Carmen courut accueillir le blessé et commença à lui ôter ses vêtements. Quand elle remarqua son pansement et l'onguent appliqué à la blessure, elle le regarda, surprise. William répondit : « Non, ce n'est pas moi qui ai fait ça. J'ai été soigné. »

Puis il sombra dans un sommeil sans rêves.

85

L'Assemblée des justes

Roulotte de Carmen, le soir.

William, Abraham, Finch, La Touffe, La Mèche et Carmen s'étaient réunis autour du feu de camp pour le dîner, l'accueillante roulotte jugée trop petite. La Touffe expliquait :

« …Et quand nous sommes arrivés au moulin de Silkwater, les flammes dévoraient encore les bâtiments. Quand l'incendie a été maîtrisé, il n'y avait plus que des cendres. Même la croix avait brûlé. Je suis désolé, William, nous ne tirerons rien de cet endroit. Silkwater est devenu un désert de poussière. Le hameau ressemble à un reste de ville assiégée. Comment un seul homme a-t-il pu transformer ces bâtiments en gravats ?

– Pas un homme, un Nécromancien. »

À l'évocation de ce nom, William indiqua que la logique n'avait plus sa place dans le débat. À son tour, il expliqua qu'il avait suivi l'homme à la plume blanche, le chef des hommes qu'ils avaient affrontés à Silkwater. Ce dernier l'avait mené tout droit à un homme et une femme qui pleuraient l'homme ressuscité, le Nécromancien. Le mot créa la surprise. William jugea bon de s'expliquer.

« Un Nécromancien est un mage puissant qui a de nombreux pouvoirs, comme celui de maîtriser la mort. Il connaît les sortilèges et se sert d'une magie très noire pour obtenir ce qu'il convoite. Le jeune homme qui a retrouvé la vie devant nous, est le descendant de celui qu'ils appellent Jafr Al Ser et qui est le premier d'entre eux. Les sacrifiés des marais n'avaient d'autre but que de le maintenir en vie. Apparemment, le jeune homme était le dernier de leur race. Et ils espéraient qu'une fois revenu à la vie, il ferait renaître leur seigneur car lui seul avait ce pouvoir. »

L'auditoire était suspendu à ses lèvres. Chacun à sa façon : Abraham qui regardait ses pieds et semblait réfléchir, Carmen, qui cherchait des réponses dans la chaleur des flammes et Finch, qui ouvrait des yeux comme des soucoupes… Enfin, La Mèche et La Touffe, qui soupiraient en pensant à leur ami Cat, dont l'absence pesait chaque instant d'avantage. Abraham osa rompre le silence pesant qui s'était installé.

« Qui ça 'ils'?

– Les hommes que nous avons affrontés sont réunis depuis l'origine des mondes et forment l'Ordre des Nécromanciens. Ils servent Jafr Al Ser, leur maitre. Stricting était l'un d'eux. Il était un Ervadas, c'est-à-dire un puissant serviteur de ce Jafr Al Ser. »

Abraham intervint, l'air suspicieux :

« Mais bon sang, comment sais-tu tout cela ? »

William se gratta la gorge, un peu gêné.

« C'est l'Ottoman qui me l'a dit… »

À ces mots, un brouhaha s'éleva dans l'assemblée. Parler ainsi de l'homme qui avait tué Cat leur était insupportable. Seul Abraham, qui avait assisté à la scène restait silencieux. Il semblait réserver son jugement. Devant leur mine furieuse, William s'expliqua sans leur laisser le loisir de déverser davantage de haine.

« Il m'a suivi lorsque j'étais blessé. Il m'a expliqué tout ce qu'il savait. Je crois, même si ça me fait mal de l'avouer, qu'il est dans notre camp. C'est un chasseur de Nécromanciens. Il était au courant pour la Pierre Pourpre, d'ailleurs il a essayé de me la subtiliser et j'ai eu toutes les peines du monde à la récupérer à son insu.

– Ça ne m'étonne qu'à moitié. Le seul camp qu'il respecte est le sien. Je connais les hommes comme lui. Ils ne comptent que sur eux-mêmes et écrasent tous ceux qui sont sur leur chemin. Ils sont capables du pire pour leur quête… comme du meilleur. » Répondit Abraham, calmement. William leva les mains en signe de bonne foi.

« Je ne prétends pas le contraire. Mais il est le seul à comprendre ce que nous avons affronté et sans son aide, nous ne serions plus là. Grâce à lui, la situation est plus claire. Je crois qu'il était sincère, même s'il joue la partie de son côté. La Pierre Pourpre a été empoisonnée par son maitre, c'est cela qui a tué le Nécromancien, et sans sa broche qui m'a caché aux yeux de ce monstre, je n'aurais pas pu m'en approcher. En me suivant, il voulait reprendre la Pierre pour qu'elle ne puisse plus jamais servir le mal… Il a échoué. Mais il m'a appris autre chose… » L'auditoire ne soufflait mot. Seul Abraham émettait des bruits qui étaient entre le grognement et le soupir. Cette histoire l'agaçait de plus en plus. Il n'avait pas digéré d'avoir servi de brebis sur l'autel de la folie. Il aboya :

« Bon alors, quoi ?

– Il m'a parlé des reliques, il a compris. » Et il relata leur histoire.

Abraham intervint.

« Je te l'avais bien dit que cette histoire sentait mauvais ! Les os d'un démon ! Jusqu'où va-t-on aller ? Mais pourquoi faut-il qu'elles appartiennent à ta famille ? Ce sont des malades, ces gens-là ! En plus, ils ont drôlement de moyens. Ils ont quand même fomenté une révolte, sacrifier des tas d'innocents…

– Et assassiné mon père… Le pasteur Stricting était derrière tout ça. Il avait compris qu'Henry voulait les détruire. »

À ces mots, sa voix dérapa légèrement.

« Finch nous l'a dit… » déplora Abraham.

Il mit une tape sur l'épaule de son ami, en signe de soutien. Personne n'avait été épargné par cette histoire sordide. Abraham prit la parole afin de laisser à William le temps de se reprendre.

« Quand le couteau m'a tranché la gorge, j'ai compris que ma dernière heure était venue. Ma lutte était vaine. Pourtant je ne voulais pas abandonner, pas encore. Je m'accrochais à la vie comme un forcené. Je crois bien avoir imploré la terre entière et tous les dieux que je connaissais quand soudain, j'ai eu la sensation de sortir de mon corps, de passer de l'autre côté. De devenir un esprit. C'est à ce moment, que j'ai rendu les armes et la douleur s'est effacée pour laisser la place à une sensation de solitude. Je n'ai senti ni le paradis ni l'enfer mais plutôt une sorte de vide. Mais quelque chose avait perturbé l'ordre des choses et la mort m'a rejeté. Quelqu'un l'avait privée de son butin. C'est alors que je l'ai vue, Sarah, Sarah Gordon-Holles. Elle voulait que je reste en vie. Elle a dû verser un tribut suffisant, car la mort a accepté de me relâcher. »

William semblait réfléchir.

« Sarah ? Tu es sûr ? Pourquoi dis-tu qu'elle t'a sauvé ? »

Abraham reprit :

« Je ne sais pas… une impression, non une conviction. Je me suis retrouvé entouré d'une aura bienveillante, c'est elle qui m'a protégé, j'en suis sûr. Ensuite, je me suis réveillé chez Carmen.

– On ne peut passer de l'autre côté et en revenir indemne. » Intervint Carmen. « Cette magie ne peut pas être bonne, personne ne peut domestiquer la mort,

personne. À moins que vous ne la nourrissiez assez…
Tu aurais dû me raconter ton histoire avant. Pourquoi
tous ces mystères ?

– J'avais un peu honte. Je pensais que personne ne
voudrait y croire. Pas même toi. Et au fond, je crois que
la vérité me faisait encore plus peur. La magie, tous ces
trucs de sorciers, ça m'a toujours terrorisé. Or je ne fais
que croiser leur route…

– On ne peut pas lutter contre la volonté des dieux. »
Soupira Carmen.

« Tu te trompes. J'ai compris que certains le peuvent.
Je devrais être mort et pourtant regarde, je suis chaud et
bien vivant, les dieux n'y sont pour rien. C'est une jeune
fille qui m'a sauvé. »

Tous le regardaient comme s'il avait perdu l'esprit.
Tous sauf William. Il commençait à comprendre des
choses. Les pièces du puzzle semblaient s'assembler
dans son esprit. Il ne restait qu'un point à vérifier. Il
prit la parole à son tour et sollicita Carmen.

« N'as-tu pas dit que tu avais rencontré Sarah Gordon-Holles ? »

Carmen prit un air solennel et tous les regards
convergèrent vers elle. Sa voix chaude et puissante envahit la forêt, comme si les arbres lui faisaient échos.
William songea que cette femme avait une présence
incroyable. Quand elle parlait, le monde s'arrêtait et on
ne voyait qu'elle. Elle était d'une beauté saisissante, et ne
faisait qu'un avec les éléments qui l'entouraient. Abraham la dévorait des yeux. Elle dit :

« Je connais davantage son père : l'homme qui se présente comme Marcus Mac Bain. L'oncle de Sarah. J'ai
toujours su qu'il n'était pas celui qu'il prétendait. Il y
a longtemps, il était venu me voir, car il avait entendu
parler de mes pouvoirs. Puis de fil en aiguille et mes

potions aidant, il s'est laissé aller à des confidences. Il se consumait d'amour et de jalousie pour une femme qu'il n'avait pas le droit de convoiter. Cet homme, à la réputation de cruauté et de violence, n'était plus qu'un enfant face au désir qui le torturait. Ces tourments dataient de longtemps et il voulait connaître l'avenir de cet amour maudit... En divaguant, il a parlé d'une île glaciale d'Ecosse et d'un maître d'arme cruel. De l'odeur âcre de la boue et du vent qui gèle l'âme... Il n'a eu de cesse d'évoquer les tourments qu'il avait endurés pour cette femme. C'est là que j'ai compris qu'il n'était pas né duc et qu'il ne pouvait être celui qu'il prétendait. Son caractère s'était forgé dans la haine et l'amour. Quand il s'est réveillé, il était furieux et je ne pensais jamais le revoir... Pourtant, il prit l'habitude de me rendre visite...

Il disait que ma présence lui faisait du bien et que mes potions lui procuraient un oubli merveilleux. Il y a quelque temps, quand il m'a amené Sarah Gordon-Holles, j'ai compris. À la façon dont il la couvait des yeux, Sarah était plus que sa nièce. Cet enfant était le fruit de sa passion dévorante avec cette femme et il ne m'a pas été difficile de comprendre que la mystérieuse élue de son cœur, n'était autre qu'Eleanor Gordon-Holles et, qu'ils n'étaient pas frère et sœur. Même si je n'ai pas compris les raisons d'un tel secret, je n'ai rien demandé. Après tout, ça n'était pas mes histoires. Il voulait que j'instruise Sarah sur le sens caché des cartes. La leçon fut rapidement apprise et elle démontra des capacités surprenantes. J'ai senti un cœur pur et une âme profondément bonne. Cependant, j'ai perçu une présence autour d'elle, qui l'entourait, l'observait, mais dont l'aura n'avait rien de bon.

Je crois qu'elle restera dans la lumière tant que cette ombre qui rôde, ne lui aura pas ravi toute son innocence... Tant que Sarah fera les bons choix. Le fait qu'Abraham soit encore parmi nous, prouve qu'elle ne s'est pas encore trompée. Voilà ce que je sais. Sarah est la fille d'Eleanor et de l'homme qui se fait passer pour Marcus Mac Bain. Quant à savoir comment elle a pu sauver Abraham de son destin funeste, je l'ignore encore. »

William se tut un instant puis reprit la parole.

« Tu ne nous as pas dit à quoi ressemblait l'homme qui se fait passer pour Marcus Mac Bain ?

– Il est grand et athlétique. Ses cheveux sont blonds et son regard est d'acier. Pourquoi ? »

Le vicomte blêmit et avant qu'il n'ait eu le temps de parler, Abraham le coupa :

« Tu comptes te lancer dans une chasse aux sorcières ? Pour ma part, j'en ai assez ! En plus, nous n'avons pas le moindre indice. Quel peut-être le lien entre ce pasteur Stricting, ces Ervadas, ce Jafr Al Ser et Sarah Gordon-Holles ? »

Le visage de Carmen se figea, c'était sa première réaction depuis le début de la discussion. Les autres la regardèrent l'air interrogateur. Elle dit tout doucement :

« Qu'y a-t-il William ? Qu'as-tu compris ? »

Il s'éclaircit la voix et parla les yeux dans le vague, comme absent.

« Je ne suis qu'un fou et un idiot... »

L'angoisse lui obstrua la poitrine. Il aurait préféré se taire plutôt que d'accuser sans preuve mais la réalité n'offrait plus de doutes : les pêcheurs identifiés par Giacomo venaient de l'île de Warth et le marquis de cette île était un certain Gregor Mac Bain, le même prénom que celui demandé par le Nécromancien à son réveil. Sarah qui avait sauvé Abraham, était la fille d'Eleanor Gordon Holles et la description faite par Carmen de Marcus

Mac Bain, était la même que celle de l'homme qui accompagnait la femme au voile noir. Cela ne pouvait être des coïncidences. Sans oublier ce cheveu cuivré sur la cheminée de la chapelle… Tous les indices menaient à un seul nom : Eleanor Gordon Holles, née Mac Bain, et à un seul endroit : l'île de Warth. Son cœur peinait à admettre l'évidence, pourtant… William ne parvenait pas à accepter l'idée que la femme, dont le visage et le corps avait occulté celui de toutes ses maîtresses, ne fût rien d'autre qu'une traîtresse. Tant de fausseté et depuis si longtemps… Abraham demanda :

« Si tu dis vrai, alors le Nécromancien que vous avez tué est le vrai Marcus Mac Bain. Mais pourquoi cet homme se fait passer pour son frère ? Quel intérêt…

– Sans doute que les sous-sols du château de Chalkurn, le château des parents d'Eleanor, renferment également leur lot de secrets… Ils ne pouvaient pas se permettre de les perdre. Il leur fallait un héritier. Mais malgré tout, je ne parviens pas à croire ce que je vous raconte. Si cette information est vraie, alors cela signifie que notre ennemi est dans l'ombre depuis…

– Le début de leur histoire. » Coupa Carmen. « Les hommes que tu décris sont rusés et se dissimulent parmi nous. Il nous faudra les débusquer un à un, et les faire tomber.

– J'aurais dû me fier à mon instinct ! » s'exclama Abraham. « Dans quel pétrin nous sommes-nous encore fourrés ? »

Finch leva la main pour demander la parole :

« Si j'ai bien suivi, alors Sarah est une Nécromancienne ? »

Abraham s'énerva et le fit taire immédiatement. Sarah était une bonne personne et il ne laisserait personne en douter. Comprenant son impair, Finch se tut et William expliqua. Si les Nécromanciens avaient pris tant de risques pour sauver l'un des leurs, c'est que les pouvoirs de Sarah leur étaient sans doute encore inconnus.

« Avant de juger, il nous faudra en avoir le cœur net. Pour l'heure, nous sommes vivants et beaucoup d'entre eux sont morts. Ils ont sans aucun doute subi un très grand revers alors, je propose de célébrer notre victoire. Ces idiots n'ont rien compris ! Après tout, rien de tel que la vie et le whisky !

– Et les femmes ! » renchérit Finch.

Ils décidèrent de rester sur cette dernière note presque positive. Ils firent un hommage bruyant à Cat, en buvant un whisky bien tassé. Son image flotta sur le feu de camp, et les souvenirs de guerre ressurgirent. Bientôt, les pensées se mélangèrent aux vapeurs de l'alcool et la discussion devint plus légère.

William pensa, entre deux gorgées salvatrices, que quelqu'un d'autre qu'Eleanor tirait certainement les ficelles, et que cet ennemi invisible serait très difficile à débusquer. Sans doute l'homme qui avait disparu avant les combats. L'ivresse eut bientôt raison de ses angoisses.

Carmen regardait, avec affection, cette troupe boiteuse. Oui, le lendemain apporterait son lot d'ennuis. Mais pour l'heure, ils méritaient bien de panser leurs blessures dans l'ivresse et l'oubli. Elle les veilla comme on veille ses enfants, avec inquiétude et bienveillance.

86

Gregor Mac Bain

Antre de Gregor.

La nuit était tombée depuis longtemps. D'ordinaire, c'était son instant préféré. Celui où il pouvait se défaire du mensonge et enlever ce masque sinistre qu'il exécrait. Sa couverture était parfaite, mais elle le rongeait de l'intérieur. Lui, le marquis de l'Île de Warth, le plus grand des Ervadas, obligé de se cacher comme un vulgaire voleur de pommes... Il eut une moue dédaigneuse. Ces êtres insignifiants le dégoûtaient. Ils étaient si étriqués, si étroits d'esprit ! La puissance du maître n'avait, elle, aucune limite. Et c'est cela qui le fascinait en premier lieu. Lui qui n'était pas le premier né, qui n'était même pas Nécromancien... Mais la foi déplaçait des montagnes. Il eut une pensée pour Augustus Stricting, son compagnon de fortune. Ils avaient caressé tant d'espoirs ensemble. Les trois familles originelles réunies : les Aella avec Augustus à leur tête, les Morda et leur quête. Enfin les siens : les Mac Bain, descendants du premier mendiant d'os, ensemble pour faire revenir Jafr Al Ser le maître suprême... Gregor Mac Bain n'était pas un sentimental mais à cet instant précis, il eut un pincement au cœur. Augustus allait lui manquer. C'était un homme intelligent et qui ne montrait pas de scrupules quand il s'agissait de se salir les mains pour la cause. Peu de personnes avaient ce courage, mieux : cette force. Il se sentit seul. Il aurait aimé boire un dernier verre avec son ami, s'installer dans les fauteuils de velours sombre et imaginer l'avenir aux mains des Nécromanciens. Servir leur maître et initier les ignorants qui le méritaient à l'Antique Doctrine… Le chemin avait été long jusqu'à ce soir.

La solitude avait vraiment un goût amer et le doute n'avait jamais été aussi sournois qu'à cet instant. Après le fiasco de Gaverburry et les sacrifiés de Charity Cross, l'étau se resserrait sur lui et sa famille. Comment ce satané vicomte Tadwick avait-il pu tout découvrir ? Stricting l'avait prévenu qu'il leur poserait des problèmes, mais à ce point-là… Son père était moins compliqué, bien que difficilement manipulable également. Augustus avait voulu supprimer le vicomte mais Gregor avait refusé. Ils avaient besoin de lui pour la suite du plan et quitte à tuer tous les Tadwick, autant donner l'alarme tout de suite. Cependant, à présent, il se demandait si Stricting n'avait pas eu raison finalement. L'heure viendrait où ce gringalet regretterait d'avoir fourré son nez dans les affaires de l'Ordre.

D'un pas rapide et fantomatique, il entra dans la salle transformée en chambre mortuaire. Avec ses petits murs gris et sa hauteur de plafond, elle n'avait pas le faste requis pour abriter de tels hommes, mais après tout, à quoi bon le somptueux des cryptes et le vertige des églises aériennes, si on ne parvenait pas à maintenir leur maître en vie ? Gregor pensa que l'endroit était bien ainsi.

« L'humilité ne tue pas, bien au contraire… » pensa-t-il. Devant ses yeux, se tenaient les cercueils des Nécromanciens de la crypte, récupérés par Augustus. Posées deux à deux sur des tables de bois, les momies gisaient fraternellement les unes à côtés des autres. Une des places était vacante. Gregor posa sa main sur l'emplacement resté vide et pensa à Tibère, son ancêtre, parti à la recherche de la pierre céleste indiquée par la prophétie. Par ce simple geste, il traversait les âges et le temps. Des siècles d'histoire symbolisés par ce vide sous la paume de sa main. Tibère… Le plus grand de tous !

Il détourna son regard des anciennes momies et regarda le corps sans vie de Marcus. Gregor inspecta le travail de ses hommes. Ils avaient bien œuvré. Son visage ressemblait de nouveau à celui qu'il avait connu : les traits apaisés, le visage fin, c'était bien lui, Marcus Mac Bain, le dernier Nécromancien. Il effleura son visage du bout des doigts et l'espace d'un instant, il eut envie de pleurer, mais ses yeux étaient aussi secs que son cœur.

Cependant même si l'évidence se présentait à lui, il rejetait encore cette idée. Malgré son âge, la vie solidement ancrée en lui, refusait ce destin. Pourtant, le corps sans vie de Marcus, posé sur la pierre froide ne laissait pas l'ombre d'un doute. Une sensation jusqu'alors inconnue, lui parcourut le corps et se figea sur son cœur. Il écarta les bras et eut envie de respirer à plein poumon. Un instant, il se crut malade et une goutte de sueur perla sur son front… Il découvrait l'angoisse. Avec dédain, il repoussa cette idée, mais elle ne le lâcha pas. Tant de pistes, tant de fuites… Autant d'impasses ! Pourquoi ? Comment allaient-ils faire sans Marcus ? Il ne restait que des Ervadas ! C'était une blague de mauvais goût… Pourtant…

Comme à chaque fois qu'il doutait, il alla chercher réconfort dans la prière. Il mit sa tenue de cérémonie. Il n'aurait pas manqué de respect au maître, en apparaissant sans son masque. Après tout, il n'était qu'Ervadas. Il s'installa au milieu des grimoires anciens et poussiéreux. L'odeur entêtante de la cire des bougies lui tourna un peu la tête. Une rose d'un rouge fané et un crâne humain posait sur un autel en bois, venaient compléter le tableau. Il avait du mal à se concentrer. Il tenta d'oublier sa colère et fit le vide en lui. Il se mit à parler doucement, mais avec ferveur :

« Pour la naissance éternelle et le retour de la mort.

Au maître suprême de la mort et du temps, Jafr Al Ser
Puisses-tu accompagner notre vie dans l'ultime voyage de notre âme.

Le soufre et le sel rédempteur, réunis, nous pourrons entamer la quête suprême

Celle qui nous mènera à la victoire de la nuit éternelle sur la lumière.

Quand les ossements du père et la pierre céleste auront fusionné

Par la force du dernier descendant tu renaîtras tel l'enfant de la lune.

Tu répandras ton ombre et tes armées sur le monde et sur le jour

Jusqu'à ce que les astres te reconnaissent comme l'un des leurs

La vie se pliera à ta volonté supérieure

Et… »

Il se tut, à bout de souffle. Il ressentit une étrange langueur s'emparer de lui. Il s'assied un instant, et quitta son masque, car il avait du mal à respirer. Que lui arrivait-il ? Sa peau commença à chauffer et se mit à rougir comme si ses vaisseaux sanguins allaient éclater. Il enleva sa tenue de cérémonie et se mit torse nu, le contact de ses vêtements devenu insupportable. Il eut envie de s'arracher la peau pour ne plus souffrir de cette chaleur qui devenait brûlure de seconde en seconde. La douleur devint tellement intolérable, qu'il tomba inanimé sur le sol glacé et humide de la cave. Son dernier regard fut pour le ciel voûté qui semblait le narguer.

Quand il reprit connaissance, la lumière des candélabres s'était éteinte. Il eut du mal à émerger, jusqu'à ce qu'une voix, puissante et grave, le sorte de sa torpeur. Son cœur se mit à battre la chamade quand il entendit la voix du maître, la voix céleste de Jafr Al Ser.

« Ne doute plus mon fils. Tu es l'égal de Macchab, le premier de mes fidèles et tu es son digne descendant. Ne te chagrine pas pour mon fils et ton ami, tu n'ignores pas que dans notre monde, la mort n'est que le commencement. Ton plan n'a pas échoué par ta faute mais parce que les fils du destin le refusaient. On peut les tordre, mais on ne peut les briser. Chacun de mes fils a bien œuvré, grâce à Marcus et ses visions, les reliques sont retrouvées. Les étoiles s'alignent et le temps de notre retour approche. L'étau se resserre autour des résistants et bientôt, ils ne seront que poussière dans le néant. Aujourd'hui, je te considère comme mon enfant. Tu ne cacheras plus ton regard en ma présence. La foi avant le rang !

Gregor, tu sais ce qu'il te reste à accomplir. Ta famille aura bientôt la première place et même si tu doutes encore, elle se prépare à son destin : Celui de faire renaître notre règne.

Il est temps pour nous d'honorer nos morts et pour toi de te préparer. L'œuvre de Tibère s'accomplit. Il est temps que j'apparaisse de nouveau face à mes disciples pour leur montrer le chemin. Suis l'Espagnol, il a retrouvé la voie de notre ancêtre, la route de la Météorite.

Pour la naissance éternelle et le retour de la mort. »

Quand il se réveilla, Gregor était encore pétrifié. Épuisé, il se rapprocha du bureau et s'installa. La chaise pourtant solidement assise, semblait flottée dans le vide. Il ne sentait plus ses jambes. Jafr Al Ser lui était apparu. Du fond des ténèbres, le maître en appelait à lui, Gregor Mac Bain. Instinctivement, son regard se porta sur le livre des mémoires de Tibère et il soupira.

Il releva la tête et, d'un pas décidé, rejoignit une grande armoire d'où il sortit un coffre en bois rouge. Il hésita encore un moment puis l'ouvrit pour en retirer le contenu.

Les yeux remplis de vide, il rejoignit le corps de Marcus et déposa à ses côtés, celui de la petite momie. A peine un enfant.

« Marcus, je te présente Hemera Mac Bain, ta nièce, la sœur de Sarah. »

Pris dans des bandelettes de linge blanc, les restes du corps de la sœur jumelle de Sarah rejoignaient son oncle, le Nécromancien.

Le sort en était jeté.

FIN de LA MAISON DIEU

87

Esperanza

Nouvelle Grenade

La jungle. Cet enchevêtrement ininterrompu de lianes, de fougères, un dédale de troncs étouffés aussi étirés que possible, où chaque arbre porte ses milliers de feuilles vertes, à la recherche d'un peu d'air et de lumière. Ici, la vue ne porte pas plus loin que le bout de sa machette. Pris au milieu de rien, au bout de toute humanité, l'homme de foi doute qu'un jour Dieu ait voulu d'un tel endroit. De liane en liane, de pas en pas, l'esprit devient prisonnier de la forêt. La journée, il compte les branches coupées et la nuit les rêves, à moins que ce ne soit l'inverse. Noyé dans cette lumière sans soleil, il ne sait plus s'il doit avancer, reculer ou mourir… Le corps couvert de piqûres d'insectes et, martelé par cette fièvre douloureuse, a soif, une soif inextinguible qui lui brûle la langue et le visage. Ici, tout est transpiration et humidité, rien ne sèche, tout pourrit. L'esprit le plus fort tombe, éreinté. L'homme devient prisonnier de l'étreinte verte et succombe à la folie. Les shamans disent alors que la forêt a volé son âme. Le corps hurle mais rien n'y fait. Les arbres avalent ce qu'il lui reste de conscience et se referment à tout jamais.

Certains corps, sans esprit, rejettent l'offre de la mort et ses bras apaisants. La vie en eux est trop forte. Alors, pour sentir de nouveau la brûlure du soleil sur leurs peaux, ils sont prêts à endurer mille tourments. Même sans esprit, même sans pensée, leurs corps guident leurs carcasses vides à travers l'épaisse forêt. Ils n'abandonnent qu'une fois arrivés au bout d'eux-mêmes, et tombent le visage sur le sol pour disparaître enfin. De rares fois, certains parviennent à émerger de l'enfer vert. Ils croient d'abord en un songe mais lorsque le soleil tant recherché frappe leur visage tendu vers le ciel, le corps reste sans réaction, incapable de comprendre qu'il a réussi, qu'il en est sorti. Cette délivrance leur est fatale. L'esprit est mort depuis bien trop longtemps pour pouvoir revivre.

Ils se laissent alors guider jusqu'à un dispensaire pour âmes égarées, incapables d'articuler le moindre mot. Leur regard vide et noir ne porte pas d'espoir. Il est trop tard pour eux. Ils deviennent alors des corps sans âme, sans but, jusqu'à ce que l'écorce vidée de tout sens, se lasse de cette vie d'ombre et accepte son triste destin. On les ensevelit, non loin de l'endroit où ils s'étaient réfugiés et les vers finissent le travail. Ici, chacun sait que la gueule verte de la jungle ne relâche jamais sa proie.

On retrouve souvent ces dispensaires le long d'un cours d'eau propice à la circulation des hommes et à l'approvisionnement en nourriture. Construits en bois léger, sur pilotis, ils possèdent des coursives qui desservent quelques pièces rarement meublées. Les plus luxueuses ont des fondations de pierre et leurs grandes fenêtres ressemblent à des yeux effrayés, que des volets de bambous tressés viennent fermer le temps d'un orage.

Il arrive que, remontant le cours d'eau, des voyageurs à la recherche d'or ou d'aventures, viennent trouver refuge dans l'un de ces endroits. D'un abord accueillant, ses dispensaires attirent les aventuriers, qui hésitent rarement avant de profiter des commodités. Dans la jungle, la plus simple des attentions, comme une natte sur le sol ou du riz, donne des allures de villa princière à la moindre cahute.

Le dépositaire de l'ensemble, un moine générale-ment, commande à un large réseau d'autochtones, tous aussi rusés que serviles. Le fer et les autres matières premières y sont très recherchés et les vols fréquents. Mais contre un lit et un bon repas, personne n'hésite très longtemps. Les voyageurs repartent souvent plus légers mais satisfaits.

Chaque soir, juste avant que le soleil ne disparaisse dans le fleuve, il se produit un phénomène étrange. L'espace d'un instant, l'air devient respirable et un doux zéphyr souffle ses bienfaits sur les visages, asséchant les larmes et la transpiration. La lumière se colore en rouge sang et les bruits d'animaux cessent. Une vingtaine de minutes par jour, l'homme respire librement et repense à sa vie d'avant. Il pourrait partir loin de cet enfer mais sa volonté est tout autre. Cette jungle est sa maîtresse et il l'a dans la peau. Il veut sentir son odeur sur son corps, entendre son souffle, pénétrer sa chair et ses entrailles. Il veut la posséder, la dominer, la séduire. Chaque soir, quand le soleil se couche, il comprend qu'il ne peut vivre loin d'elle. Alors la gueule verte peut bien avoir sa peau quand elle le voudra, qu'importe. Ce soir, comme un jaguar faussement dompté, elle se laisse caresser. Il est le maître des lieux.

Ces précieuses minutes sont la récompense accordée par les dieux aux habitants de l'enfer.

Le voyageur profite de ce trop rare instant de ré-pit, car il sait que sitôt le soleil disparu, la nuit tombe comme une enclume. L'angoisse remonte. Dans le dis-pensaire aux larges coursives, la litanie de l'appel s'élève déjà. C'est le moment où les corps vidés de leur âme ré-sonnent à l'unisson de la jungle. Leur chant ressemble à un long murmure empli de tristesse et de bienveillance. On raconte que ce chant grave est à destination d'un esprit maléfique, caché quelque part dans la forêt. Le corps survivant prie, reconnaissant de sa vie épargnée.

À l'écoute de cette mélopée, les hommes avisés comprennent qu'ici, le passé et le futur se côtoient. Le temps d'une nuit ou d'un repas, ils peuvent deviner le sort qui sera le leur si jamais l'esprit de la forêt venait à voler leur âme. Ici, personne ne doute que le mal enfoui dans la jungle attend son heure et que, tôt au tard, tous succomberont.

Attablé, un homme observe attentivement la transe d'un de ces corps sans âme. Immobile, il tente de percer les secrets de cette forme squelettique, encore vaguement humaine. À chacun de ses mouvements, il se rapproche de cette vérité, du sens caché de cette danse surnaturelle. Loin de se lasser de ce spectacle écœurant, il l'étudie, le dissèque, le comprend. L'homme s'immerge dans la folie de l'autre et fusionne. Le reste de dentition jaunie que les autres regardent en se moquant, indique qu'il a rogné des racines avec insistance pour trouver une maigre subsistance. Son corps décharné porte également de multiples contusions, sans doute occasionnées par des chutes alors qu'il a grimpé sur un arbre pour se repérer. Aucune trace de griffure ou de morsure… Incroyable, le fou n'a pas croisé le jaguar… à moins qu'il ne l'ait tué du premier coup. Quel homme, ce fou ! D'un geste sûr, l'homme porte le verre d'eau fraiche qu'on lui tend à la bouche. Quel plaisir. Le moine a raison, quelque chose cloche dans son comportement, il ne ressemble pas à celui des autres. Lui ne chante pas, il lutte encore. Quelque part à l'intérieur, un esprit cherche à trouver la sortie de cet enfer. Le fou continue de frotter avec insistance son talon contre le sol. Il saigne. Il cherche à ôter une invisible peau, qui dans son esprit, lui enserre le pied. À moins qu'il n'écrase quelque chose. Silencieux, le voyageur caresse de ses doigts son bouc poivre et sel, à la mode espagnole. Le moine s'approche et, comme pour ne pas déranger l'observation, lui dit doucement :

« C'est lui. Chaque soir, il recommence et à force, ces talons deviennent des plaies béantes. Il s'arrache les bandages C'est incompréhensible... Pourquoi vous intéresser à lui ? »

Sans briser le rythme, le voyageur repose tranquillement son verre et transperce le moine de son regard noir.

« Cet homme n'est pas n'importe qui. Il s'appelle Ernesto Cordoba. Il mesurait un mètre quatre-vingts et pesait presque deux cents livres. C'était le responsable de la mission d'exploration ordonnée par son altesse le roi Ferdinand. Cet homme était la force et l'intelligence. Ce que nous regardons est un exploit jamais réalisé auparavant : il est encore en vie.

– Attendez... La mission de Cordoba ? Ce que vous dites est impossible, Cordoba et ses hommes ont disparu...

– Il y a six ans. Et oui, durant tout ce temps, il a erré dans la jungle. C'est incroyable, je ne l'en aurais jamais cru capable. Regardez la vitalité de cet homme... La gueule verte l'a dévoré jusqu'à l'os et pourtant, il danse encore ! Si vous l'aviez vu à son arrivée... Debout sur son destrier, le regard fier. Il en imposait d'arrogance. C'est à peine s'il m'a autorisé un regard... » Il regarde le pauvre homme. « Mon pauvre ami, qu'est-il arrivé à vos certitudes ? » Alors que le moine continue son enquête, l'homme assis comprend de quoi il retourne et rit à haute voix en se levant. La magie s'envole toujours une fois le secret découvert. Le fou n'est plus qu'un fou.

Le moine demande :

« Est-il de vos connaissances ?

– Si l'on peut dire. Je connais tant de monde. Cet homme n'est peut-être pas perdu, son esprit n'est pas mort. Il cherche à nous dire quelque chose. Observez-le bien. » Déçu de ne pas comprendre, le moine regarde l'Espagnol d'un œil circonspect. L'homme le prend par la main.

« Vous allez comprendre. Venez et montez sur ma chaise.

– Pardon ?

– Ne vous inquiétez pas, je la tiendrai solidement. » À contre-cœur, le moine s'exécute.

« Alors vu d'ici, que voyez-vous ?

– Eh bien… rien de particulier.

– C'est que vous n'êtes pas assez haut. Montez sur la table. Allez ! pas de simagrées ! »

À contre-cœur, le moine obtempère et se laisse pousser.

« Voilà, c'est bien mieux. Il faut avoir confiance en votre mobilier, après tout, il me coûte fort cher. Alors ! D'ici, c'est mieux ? »

Le moine plisse les yeux et soudain s'écrie :

« Mais vous dites vrai ! Il dessine quelque chose sur le sol !

– Bravo ! Maintenant redescendez. » Alors que le moine, ravi de regagner la terre ferme, s'empresse de redescendre, le voyageur plonge son doigt dans son verre d'eau et redessine le symbole tracé par le sang. « Voilà, un cercle et trois traits.

– Mais qu'est-ce donc ?

– Un signe porteur d'espoir, mon ami ! Toute une vie à explorer la jungle en quête de ce signe et cet hurluberlu qui le trouve sitôt descendu du bateau ! C'est à désespérer… »

Soudain, il apostrophe le fou :

« Mon cher Cordoba, je vous emmène avec moi ! »

Surgissant de l'ombre, deux hommes armés et vê-
tus de noir attrapent le pauvre corps sans âme et l'em-
mènent, loin du regard du moine :

« Mais c'est que mon père supérieur demandera des
comptes…

– Que me racontez-vous ? Personne ne se soucie de
ces hommes.

– Tout de même… Je suis certain que sa famille paie-
rait fort cher pour le revoir et ici, nous manquons de
tout…

– Balivernes ! Personne ne souhaite voir ressurgir un
mort ! Si ses héritiers vous donnent quelques sous, ce
sera pour le découper !

– Là n'est pas la question ! L'éthique nous impose de…

– L'argent… Toujours l'argent… Mon père, sa-
vez-vous qu'elle est la plus précieuse des ressources de
ce monde ?

– Je répondrais volontiers à cette question, car je ne
suis pas un idiot : L'or de Cibola ! Croyez-vous que
j'ignore votre histoire, monsieur de La Roya ? »

À l'évocation de son nom, le regard du voyageur devient malsain.

« Mon frère, la richesse que je vous propose ne tiendrait pas dans votre poche, fût-elle cousue d'or ! La fortune du monde n'est pas faite d'argent ou d'amour di-
vin ! Non, sa richesse est tout autre. Regardez-moi, de
quoi ai-je l'air ? Allez-y, parlez franchement je vous
écoute. Vous n'osez pas ? Vous avez bien raison. Dans
le monde civilisé, je suis un paria, je n'ai plus de château,
pas de fortune, votre Église m'a rejeté après m'avoir trahi et cela, vous ne le savez que trop bien. Dans le monde

dont vous entrevoyez l'existence, chaque soir durant quelques minutes, quand la brise se met à souffler, je ne suis rien, je ne compte pas. Un renégat ! Ma viande ne nourrirait même pas les chiens des bâtards qui me persécutent. Mais si dans le monde du dehors, je ne suis personne, ici, en revanche vous êtes chez moi.

Regardez autour de vous. Les voyez-vous, tous ces méprisés ? Comme ils sont silencieux, comme ils sont dévoués… Comme ils rêvent de tous vous pendre ! Vous ne les remarquez pas ? Je vais encore une fois vous aider. »

Le voyageur saisit la tête du moine et lui détourne le regard de force vers un indigène, avant de relâcher sa prise.

« Combien sont-ils ? Où vivent-ils ? Que veulent-ils ? Vous ignorez tout d'eux… Vous avez brûlé leur histoire et pendu leurs parents ! Mais je vois qu'une question vous brûle les lèvres, allez-y posez la : Comment ? Sont-ils de mes amis ? » Armando de La Roya soupire de satisfaction. « Vous apprenez vite. C'est utile. C'est une très bonne question en effet. Les règles du monde d'où vous venez n'ont pas cours en ces lieux maudits. L'œil de Dieu ne porte pas jusqu'ici. Ici, il n'y a que le mien ! »

Jouant la comédie, Armando se rapproche et demande doucement :

« Appréciez-vous la compagnie d'Esperanza, votre servante indigène ? De ce que j'ai compris, vous êtes devenus intimes. Vous pouvez peut-être le cacher à votre dieu mais pas à moi ! Je suis le maître de tout ce qui vous entoure. De tous ceux que votre dieu a délaissés, brûlés, battus, traînés dans la boue ! Et je suis un bien meilleur maitre que lui, croyez-moi. On peut me voir, me toucher et surtout, il est inutile de m'implorer car chacun sait que je ne suis pas de ceux dont on peut espérer le pardon. Évidemment, vous pouvez vous murer dans votre foi. Certains le font. Mais sachez que si vous mourez, un autre viendra vous remplacer et ainsi de suite jusqu'à ce que l'un d'entre vous accepte la réalité qui s'impose ici. En ces lieux, il n'y a que moi. Comprenez-vous ? Finalement, je me pose une question, êtes-vous l'homme que j'attends ou non ?

– Il est inutile de nous fâcher. Je… hum, je vous remercie de votre obligeance… mon ami.

– À la bonne heure ! Mais je suis un grand bavard. Vous me parliez d'argent, je crois ?

– À vrai dire, c'est inutile…

– Non, il est juste que vous soyez rétribué. Il faut que vous trouviez un intérêt à notre association ; les bons comptes font les bons amis ! Vous donner de l'or ne servira à rien sinon à vous dénoncer aux yeux de vos supérieurs, et puis ici, qu'en feriez-vous ? À part vous faire tuer, je ne vois pas vraiment. Voici ce que je vous propose. Quand vous quitterez ces lieux maudits, nous réglerons nos dettes. Nous établirons une grande liste et nous pourrons constater qui doit quelque chose à qui. Croyez-en mon expérience, pour l'instant il est bien trop tôt pour le dire.

En récompense de votre gentillesse, j'ai pris l'initiative de vous faire porter des poules et un cochon. J'espère que ce présent rendra votre séjour parmi nous plus agréable. Esperanza cuisine merveilleusement bien le poulet. Allons, ne me remerciez pas, ce n'est rien ! Entre amis, il faut savoir s'entraider. À propos, un conseil, n'écoutez pas les mauvaises langues qui prétendent qu'on ne goutte qu'une fois la cuisine d'Esperanza, elle n'a jamais empoisonné qui que ce soit. Ici, la nourriture est sacrée, votre vie ne vaut pas le sacrifice d'un plat. »

Le moine rit jaune. Il se dit que finalement, la rumeur était vraie : En ces lieux reculés, même Dieu travaille pour le marquis de La Roya. Dieu et tous ses serviteurs.

À suivre, Cycle 2 : Le Pendu, livres 5,6,7,8

Printed in Great Britain
by Amazon